W0286733

IMPRESSUM

VERLAG: edition federleicht
Frankfurt am Main
www.edition-federleicht.de
AUTOR & FOTOS: Dr. Siegfried Grosse
GESTALTUNG & SATZ: Gerhard Mohler

1. Auflage 2018
© edition federleicht

ISBN 978-3-946112-29-7

SIEGFRIED GROSSE

AUCH SCHRITTE WACHSEN

REIBUNGEN UND REIFUNGEN

edition federleicht

WEDER

KANN MAN DIE WAHRE GRÖSSE EINES MENSCHEN

IN ZENTIMETERN MESSEN

NOCH

SAGT DIE GEMESSENE GRÖSSE EINES MENSCHEN

ETWAS ÜBER SEINE WAHRE GRÖSSE AUS.

MIT ÜBERBLICK

DIE DINGE ÜBERBLICKEND

FINDEN SICH WEGE.

DANKSAGUNG AN MEINE PÄDAGOGEN

Ich danke meinen Deutschlehrerinnen und -lehrern:

Frau Hertner, *die mir in einer kindgerechten und wertschätzenden Art und Weise das Lesen und Schreiben (auch das Schönschreiben) beigebracht hat;*

Frau Kauer, *die in mir die Faszination für das Theaterspielen, das dargestellte Wort, geweckt hat;*

Frau Müller, *die mir konsequent die Grundlagen für das Beherrschen der deutschen Grammatik vermittelt hat;*

Herrn Hasselbach, *der mit großer Überzeugungskraft und Zielstrebigkeit die Bedeutung einer sauberen Aussprache und Betonung für die Wirkung eines Textes trainiert hat;*

Herrn Dr. Schumann, *der mich engagiert in den direkten Kontakt mit der Literatur und der Vielschichtigkeit von Interpretationen gebracht hat;*

Herrn Dr. Petersen, *der mir stimmig vorgelebt hat, welch unschätzbare Bedeutung die allgemeine, speziell die kulturelle und humanistische Bildung für das Leben hat.*

Ich verneige mich voller Respekt und Dankbarkeit vor diesen wunderbaren Menschen, die entscheidende Begleiter über wichtige Wegstrecken meines Lebens waren, Markierungen und Akzente gesetzt und mich in wertvollen Kontakt zum geschriebenen und gesprochenen Wort gebracht und letztendlich auch ihre spezifischen Anteile daran haben, dass ich als Autor tätig geworden bin.

VORWORT

Es gibt Menschen, die können mit Worten wunderschöne Bilder malen. Sprachliche Bilder. Sie erzählen uns vom Leben – von der Geburt, vom Wachsen, von den Mühen des Alltags, von Glück und Segen, vom Alt-werden und vom Sterben. Worte sind kostbar, und wenn man sie richtig wählt, dann haben sie Gewicht. Dann inspirieren sie den Leser, regen ihn zum Träumen und zum Nachdenken an. Manchmal machen Worte Mut für einen neuen Anfang. Sie können beim Leser etwas auslösen, können dazu führen, dass Menschen den ersten kleinen Schritt in eine neue Richtung gehen. Aus einem kleinen Schritt können viele große Schritte werden. Siegfried Grosse zeigt uns in seinem Buch, wie das geht. *Auch Schritte wachsen* ist eine Schatzkiste. Sie ist randvoll mit sprachlichen Kostbarkeiten. Grosse ist ein guter Beobachter; er kennt die Menschen, weiß um ihre Stärken und Schwächen. Er nimmt seine Leser behutsam an die Hand. Ein Spaziergang durch einen gepflegten Park wird das aber nicht. Grosse begleitet sie durch schwierigstes Terrain. Er führt die Leser durch unwegsames Gelände, geht mit ihnen bergauf und bergab, wandert mit ihnen bei Tag und bei Nacht. Und bei jedem Wetter. Grosse hat recht: Das Leben ist ein Prozess von Reibungen und Reifungen. Uns reiben und reifen können wir aber nur, wenn wir nicht stehen bleiben. Grosse macht seinen Lesern Mut, Neues zu wagen. Und er schreibt wunderbare Sätze, Kostbarkeiten eben. Sätze wie diesen: „Die Seele hüllt sich in das Tuch und weint." Sein Buch *Auch Schritte wachsen* ist dennoch keine traurige Lektüre; tristes Grau ist eine dezente Beigabe. Grosse schreibt, pardon, er malt in kräftigen Farben. Ein Buch, das man in kleinen Dosen genießen sollte.

BURKHARD BRÄUNING

Mitglied der Chefredaktion
„Gießener Allgemeine"

KAPITEL 1

Würde man aus all dem, was man weiß,
und was man für richtig und angemessen hält,
Konsequenzen ziehen,
wäre jeder Tag gefüllt
mit neuen Erfolg versprechenden Projekten.

BEGEGNUNG

Fremder,
nun stehst du vor meiner Tür.
Ich habe auf dich gewartet.
Ich wusste, dass du kommst.
Früher oder später mussten wir uns begegnen.
Endlich!
Du, das Wesen aus der anderen Welt.
Ich bin aufgewühlt. Erregt. Angespannt.
In meinen Beinen herrscht Unruhe.
Soll ich stehen bleiben? Flüchten? Dir entgegengehen?
In meinem Kopf dreht sich ein Karussell.
Voller Zwiespalt. Voller Zweifel und Hoffnung.
Ich habe Angst vor dir und unserer Zukunft.
Ich bin aber gleichzeitig neugierig.
Ich erahne Chancen, würde ich mich auf dich einlassen,
spüre, wir könnten uns gut tun.
Ich fürchte mich, vor dem, was kommen wird –
und vor dem, was kommen muss.
Der innere Kampf tobt.
Die vielen Stimmen verwirren mich.
Dieses dauernde Hin und Her zermürbt mich.
Soll ich aufgeben? Dich vor der Tür lassen?
Ich möchte am liebsten nicht mehr hinschauen.
Ich möchte weglaufen. Zurück. Weg von dir.
Wärst du doch später gekommen!
Dann wäre ich eher bereit gewesen.

Ganz sicher. Oder doch nicht?
Ich bin völlig verunsichert,
merke deutlich, ich bin dir schon früher begegnet.
Sehr oft, von Angesicht zu Angesicht.
Ich weiß, ich habe dich schon gesehen.
Wir sind uns vertraut.
Wir kennen uns, obwohl wir uns fremd scheinen.
Fremder, ja, ich weiß, wer du bist.
Ich weiß, wie es dir geht.

Fremder, du bist ich, ich bin du.
Fremder, du bist der andere Teil meiner selbst.
Der Teil, den ich stets vor mir versteckt habe.
Der Teil, den ich nie anschauen wollte.
Fremder, jetzt stehst du wieder vor der Tür,
willst mich an die Hand nehmen
und mich mir zeigen.
Mich in dir.
Uns und die vielen Überraschungen in mir,
die ich noch nicht gelebt habe.
Dinge, von deren Existenz ich noch nichts wusste.
Du tust mir gut.
Ich spüre deine Zuversicht und dein Vertrauen in mich.
Ich lasse mich ein.
Ich gehe den Schritt nach vorne.
Ich bin voller Neugier.
Auf DICH. Auf MICH. Auf UNS.

MALERISCHES

Mache aus deinem Leben ein Mandala.
Lasse deiner Phantasie freien Lauf
und deine Gedanken treiben.
Du darfst loslassen.
Du darfst träumen.
Du darfst wirken.
Drehe deine Kreise.
Ziehe deine Linien.
Schaffe deine Räume.
Schenke ihnen Farben.
Deine Farben.
Deine Räume.
Deine Formen.
Deine Träume.
Deine Freiheit.
Dein Leben.
Formschön. Farbenfroh.

VORSICHT

Nicht jeder, der dich fragt „Wie geht´s?",
hat auch Zeit für ein Gespräch.
Nicht jeder, der dich fragt „Wie geht´s?",
will eine Antwort hören.
Nicht jeder, der dich fragt „Wie geht´s?",
interessiert sich wirklich für dich.

Nicht jeder, der dich fragt „Wie geht´s?“,
will sich mit dir über dich unterhalten.
Nicht jeder, der dich fragt „Wie geht´s?“,
will hören, dass es dir gut geht.

Nicht jeder, der dich fragt „Wie geht´s?“,
ist jemand, der dein Vertrauen genießt.
Nicht jeder, der dich fragt „Wie geht´s?“,
ist jemand, den du magst.
Nicht jeder, der dich fragt „Wie geht´s?“,
ist jemand, dem du von dir erzählen willst.
Nicht jeder, der dich fragt „Wie geht´s?“,
soll Persönliches von dir erfahren.
Nicht jeder, der dich fragt „Wie geht´s?“,
wird dich verstehen können.
Nicht jeder, der dich fragt „Wie geht´s?“,
wird mit deiner Antwort vertrauensvoll umgehen.
Nicht jeder, der dich fragt „Wie geht´s?“,
wird sich in dich hineinversetzen können.
Nicht jeder, der dich fragt „Wie geht´s?“,
muss etwas von dir wissen dürfen.
Nicht jeder, der dich fragt „Wie geht´s?“,
will dein Freund sein.
Nicht jeder, der dich fragt „Wie geht´s?“,
meint wirklich dich.

Mancher, der dich fragt „Wie geht´s“,
drischt eine Phrase.
Mancher, der dich fragt „Wie geht´s“,
liegt auf der Lauer.

Mancher, der dich fragt „Wie geht's",
will von sich erzählen.
Mancher, der dich fragt „Wie geht's",
hat dich nicht verdient.

ZURÜCKGEWORFEN

Der Kopf ist voll.
Die Seele brennt.
Das Herz zerreißt.
Graue Schleier netzen.
Ich schwärze ein.
Kann nicht mehr.
Weine.

Ich bin allein.
Allein mit mir.
Ich bin ratlos.
Der Horizont verschwimmt.
Ich bin verzweifelt.
Bin am Ende.
Weine.

Ich suche Zuspruch.
Ich suche Verständnis.
Ich drehe mich im Kreis.
Die elendige Schieflage strapaziert.
Ich suche Halt.
Suche Beistand.
Weine.

Ich habe viel zu sagen.
Ich bin voller Text.
Ich will viel sagen.
Da will viel raus.
Endlich gesagt werden.
Endlich gefühlt werden.
Ich weine.

Da ist niemand zum Zuhören.
Da ist niemand zum Trösten.
Da ist nie niemand zum Halten.
Seelenwüste.

SUCHE

Ich suche Halt.
Ich suche Hilfe.
Ich suche Schutz.
Ich suche Richtung.
Ich suche Vorbilder.
Ich suche Anlehnung.
Ich suche Geborgenheit.
Ich suche Orientierung.
Ich suche Grenzsetzung.
Ich suche Wachstum.
Ich suche Zukunft.

Ich suche Profil.
Ich suche Stand.
Ich suche Kraft.

Wo ist der Pfahl,
wo ist die Leine
für mich?
Ich suche.

BELADEN

Der starre, leblose Blick auf die Wand
geht durch und durch
und
stapelt Steine auf die mürbe Seele.

DEMASKIERUNG

Auch
ein schweigender Mensch redet viel.
Auch
er kann Worte nicht vermeiden.
Zwar
will sein Mund ganz stille halten,
jedoch
spricht sein Körper Bände.

EMPFEHLUNG

Breite deine Flügel aus,
Schmetterling,
und hebe ab und fliege fort.
Denn die Neider
schleimen
klebrigen Honig
und
verführen
zum Verweilen.

RISIKO

Die offene Tür hat Zeit. Sie kann warten.
Und auch Du weißt, deine Zeit wird kommen.
Vielleicht nicht gleich. Vielleicht später.
Meist noch rechtzeitig genug.
Vor Türverschluss.
Du kennst dein Spiel.
Dein Spiel mit dir selbst.

AUFOPFERUNG

Im selbst gewählten Gefängnis
weißt du um die offene Tür.
Aber du willst sie nicht nutzen.
Du willst leiden, dich quälen und martern.
Du willst dich spüren im Leid, im Selbstmitleid.
Im selbst erklärten Leid.

ANGST

„Wenn ich nichts mehr von mir erzähle,
kann man mich nicht mehr angreifen",
sagte der Enttäuschte.
„Aber, du bist auch angreifbar,
wenn du nur noch schweigst",
entgegnete der Weise.
„Hier geht es nicht um Gewinner und Verlierer,
sondern um Ehrlichkeit und Vertrauen.
Die Tür ist unverschlossen.
Du hältst den Drücker in der Hand."

WARNUNG

Bleibt dein Postkasten leer
und auch die Brieftaube kennt dich nicht mehr,
wird es für dich Zeit,
denn die Einsamkeit
hat sich bereits auf den Weg gemacht
und flattert dir bald ins Haus.

DRAMATISCH

Wir vertrocknen
im Durst nach Liebe,
weil wir unserem Herzen
nicht
das Wasser reichen können.

STANDORT

Ich will nie grenzenlos sein.
Ich habe Angst, mich im Unbegrenzten zu verlieren.
Jedwede Grenze gibt mir Halt.
Ich will nie haltlos sein.
Ich habe Angst, mich im freien Schweben zu verlieren.
Jedwede Grenze gibt mir Halt.

BILDOMAT

Man kann noch so viele Bilder von dieser Welt machen.
Von Dingen. Von Menschen.
Man kann die Bilder noch so oft wie möglich
bearbeiten und manipulieren.
Sie beliebig schönen und von der Realität entrücken.
Ganz so, wie man will.

Man kann diese künstlerische Freiheit
fast grenzenlos ausschöpfen und genießen.
Fast bis zur Unkenntlichkeit des Ursprünglichen.
Getrieben und verblendet von den Möglichkeiten,
die Welt jederzeit und überall
für sich selbst im erwünschten Sinne neu schaffen zu können.
Beliebig verfälschend. Beliebig täuschend.
Als Herr aller Filter für Form, Farbe und Inhalt.

Dennoch versagt diese Neuschöpfung
gnadenlos und unweigerlich
beim wichtigsten Bild auf dieser Welt:
Beim eigenen Spiegelbild.
Selbst die raffiniertesten Manipulationen misslingen
und lösen sich auf.
Denn die wahren Farben und Formen zeichnen und spuren tief.
Kein noch so fest und dick aufgetragener Lack
hindert sie am Durchscheinen.
Denn auch du kennst das wahre Bild hinter den Fassaden,
das alle Vertuschungen überlebt.

HANDWERK

Die eine Hand
kann die andere nicht nur waschen,
sondern sie festhalten,
streicheln, liebevoll drücken,
sie streicheln,
Hand in Hand gehen mit ihr.
Manus manum amat!

LANGEWEILE

Sprich nicht von Langeweile,
wenn du nichts anzufangen weißt mit dir .
Sprich nicht davon, du seist genervt,
wenn dich das Ticken der Uhr stört.
Sprich nicht vom Nichtstun, davon, nichts zu tun zu haben.
Sprich nicht vom Tun,
wenn du nur Zeit totschlagen willst.

Sprich davon, dass du nicht gelernt hast,
etwas mit dir anfangen zu können.
Sprich davon, dass du nicht gelernt hast,
Lebenszeit zu deinem Wohlbefinden zu nutzen.
Lebenszeit, in welcher du dich völlig frei bewegen kannst.
Lebenszeit, in welcher niemand etwas von dir will.
Lebenszeit, in welcher nur du den Takt vorgibst,
in welcher nur du bestimmst, was du tun möchtest.
Lebenszeit, die du mit dir ganz allein verbringen darfst.

Sprich nicht von Langeweile,
sprich von einer langen Weile Lebenszeit,
die dir geschenkt wird.
Sprich von einem Geschenk.

TILT

Aus den Mündern
derer,
denen die Ohren für das Zuhören fehlen,
sprudeln mit viel Getöse
wabernde Sprechblasen.

Es kommt die Zeit,
in der die Dunkelheit in den Straßen verharrt,
und auch nicht mehr
durch bunte Displays verstrahlt wird.

Denn die Menschen scheuen das Außen.
Sie bevölkern nur noch die grell erleuchteten Häuser.
Niemand geht mehr vor die Tür.
Jeder ist voll online mit der Außenwelt vernetzt.

Jedoch das Innenleben bleibt verschlüsselt.
Hautnahes Leben? „TILT".
Menschliches Leben? „TILT."
Lebendige Zukunft? „TILT".
Von Angesicht zu Angesicht? „TILT".

Wir unterschätzen
unsere tiefe Sehnsucht nach Nähe.
Der überbordende, allzeitige, anonyme Kontakt
aus der unverdächtigen Ferne
lässt unsere Sensoren absterben.

Unsere Sinne verabschieden sich aus den Dialogen.
Wahre Gefühle
bleiben hinter jedweden blasigen Worten verborgen.
Wir fühlen uns trügerisch sicher
hinter dem digitalen Milchglas.

Der Preis, den wir zahlen, ist hoch.
Die Währung heißt Unsicherheit und Angst.
Irgendwann werden wir Nähe
als Bedrohung erleben.
Die uns die Sprache verschlägt.
Die die Gefühle babylonisch verschlüsselt.
Die uns selbst den Schutz suchenden Rückzug
als Niederlage erleben lässt.
Der Mensch wird anderen Menschen
und sich selbst gegenüber fremd werden.
Er wird das Leben immer öfter
als entleert und sinnlos erleben.
Als nicht mehr lebenswert.
Als seiner Empfindungen beraubt.

Das Leben wird als schlechtes Roboterimitat erlebt.
Nähe und Liebe
haben sich in zwei Königskinder verwandelt.

TIEFENKRÄFTE

In meinem Innern
wartet eine Knospe.
Sie will blühen.
In meinem Innern
wartet eine Quelle.
Sie will sprudeln.
In meinem Innern
wartet eine Flamme.
Sie will lodern.

In meinem Innern
steckt Zauber.
Er will verwundern.
In meinem Innern
steckt noch Hoffnung.
Sie will ermutigen.
In meinem Innern
steckt Liebe.
Sie will wärmen.
In meinem Innern
steckt Leben.
Es will bereichern.

KAPITEL 2

Ich nehme den kleinen Stein
vom Wegrand auf,
werfe ihn in den See
und schicke ihn auf die Reise
in eine neue Welt.

TÜCKEN

Wenn die einen aufhören zu lügen,
wird bei anderen eine Welt zusammenbrechen.
Manche werden vom Glauben abfallen,
einige werden von Sinnen sein
oder in Ohnmacht fallen.
Wenn Lügengebäude einstürzen,
reißen sie andere Gebäude mit um.
Wenn die Wahrheit ans Licht kommt,
bleibt kein Stein mehr auf dem anderen.
Wenn Licht ins Dunkel kommt,
lösen sich verschleiernde Fassaden auf.
Nichts bleibt mehr verborgen.

ACHTUNG

Die Schönheit eines Gesichts
sagt nichts über den Charakter aus.
Ebenso wenig Hässlichkeit.
Es gab betörend schöne Tyrannen,
auch unattraktive Herrscher, geliebt und geachtet.
Nur die Schönheit des Herzens zählt.
Wenn sie im Menschen wohnt,
herrscht Frieden.
Frieden ist eine Herzensangelegenheit.

GEDÄCHTNIS

Namenlos. Kein Problem.
Namen sind Schall und Rauch.
Manipulierbar. Veränderbar.

Gesichtslos. Problem.
Gesichter sind Erkennungszeichen.
Einzigartig. Trotz Manipulation.
Gesichter tragen unveränderbare Züge.
Ein Gesicht löst immer einen sofortigen Abgleich aus.

Das Wiedererkennen eines Gesichts ermöglicht
das Erkennen von Sicherheit und Geborgenheit.
Von Gefahr und Bedrohung.
Ein Gesicht prägt sich tief in unser Gedächtnis ein.
Ins Gesichter-Gedächtnis.
Namen werden vergessen.
Gesichter nie,
denn unser Bauchgefühl erinnert mit.
Unser Herz startet sein Suchprogramm.
Es hat seine Herz-Gesichter gespeichert.
Ein liebes Gesicht hat sich im Herzen eingraviert.
Ein böses wird im Adrenalin-Depot aufbewahrt.

FRAGEN

Fremder!
Wie geht es weiter mit uns?
Miteinander? Gegeneinander?
Leben? Tod?
Sind unsere Finger Zahnräder
oder Dolche?
Sind unsere Hände Kelche oder Fäuste?
Gehen wir aufeinander zu oder flüchten wir voreinander?
Fühlen wir Freude? Hass?
Spüren wir Neugierde? Vorbehalte?
Fremder,
lass uns Freunde sein!

BEGEGNUNGEN

Die Menschen begegnen sich immer häufiger
wie auf zwei gegenläufigen Laufbändern.
„Hallo!" – „Hallo!"
„Wie geht´s?" – „Gut, und bei dir?
„Auch gut." – „Na, dann."
„Man sieht sich." – „Genau."
„Tschüß." – „Tschüß."

„Blablabla" – „Pipapo"
„Blablabla" – „Pipapo"
„Blablabla" – „Pipapo"
„Wir telefonieren." – „Ja, prima."

Kein Anruf unter dieser Nummer.

RICHTUNG WEISEND

Ich glaube nicht,
dass jemand, der von ganz unten kommt,
den Wunsch hat, nach ganz oben zu gelangen.
Ich glaube eher,
dass dieser Mensch,
der eine Seite des Extremen kennen gelernt hat,
eine tiefe Sehnsucht nach verlässlicher Mitte besitzt.
Nach Stabilität, und Ruhe.

Ich glaube fest,
dass jemand, der von ganz oben kommt,
bei jedwedem Verlust oder Abstieg,
seien sie noch so gering,
in große Panik gerät –
und sich nichts sehnlicher wünscht,
als wieder ganz oben zu sein.

Armut und Verzicht können weise machen.
Reichtum und Verwöhnung irre.

ALTERNATIVE

Bei einigen Menschen
weiß man nicht,
ob die Fratze
vor oder hinter dem Gesicht sitzt.

BLAUÄUGIGKEIT

Wir legen unser tägliches Wohlbefinden
immer häufiger und freiwillig
in uns fremde, unbekannte Hände.
Ohne die Abhängigkeiten zu hinterfragen,
die wir mit diesem Abgeben kurzfristig oder dauerhaft schaffen.
Wir lassen uns blenden
von den wohlklingenden Offerten und Verlockungen
und unserer eigenen Bequemlichkeit.
Wir nehmen leichtfertig in Kauf,
die Kontrolle über unser tägliches Leben zu verlieren
und unsere Autonomie zu riskieren.
Blind und naiv
vertrauen wir unsichtbaren Mächten.

Irgendwann wird uns die Rechnung präsentiert,
und wir werden unsere Gutgläubigkeit
und Passivität bitter bereuen.
Dann,
wenn wir in einer Krise auf uns selbst zurückgeworfen sind,
uns mit Schrecken gewahr wird,
dass wir uns selbst nicht mehr vertrauen,
uns nicht mehr auf uns verlassen können.
Wir haben uns verlernt,
weil wir unsere Kompetenzen verkümmern ließen.

Als wir noch selbst konnten, wollten wir nicht.
Wenn wir später selbst müssen, werden wir nicht mehr können.
Wenn wir irgendwann doch noch wollen, dürfen wir nicht mehr.
Was ist nur aus dem Homo sapiens geworden?

WIEDERGUTMACHUNG

Wer sein Gesicht verloren hat,
wird es vergeblich im Fundbüro suchen.
Es bedarf geduldiger und demütiger Kleinarbeit,
um die vielen Einzelteile aus den Köpfen der anderen,
und aus dem eigenen Kopf zurückzuholen,
und sie wieder zusammenzusetzen.
Das neue Gesicht wird einige Falten mehr aufweisen,
und Kratzer davongetragen haben.
Der Blick in den Spiegel fällt schwer.

KONTRASTE

Einseitiges Leben bringt Einseitigkeiten
auf die Waage des Lebens.
Einseitiges Leben bringt Schieflagen.
Einseitiges Leben geht einher mit Verkümmerungen.
Einseitiges Leben begünstigt Monotonie und Langeweile.
Das gilt für die Sonnenseite, für die Schattenseite.
Weder Sonne noch Schatten
genügen ohne einander.

Leben heißt Lebendigkeit.
Lebendigkeit heißt, neugierig Vielfalt zu leben.
Nur Vielseitigkeit schafft Lebensfreude.

Vielseitigkeit ist der Angst und Sorge Feind.
Vielseitigkeit ist des Stillstandes Feind.
Vielseitigkeit mobilisiert ungeahnte Kräfte.
Energien für ein kreatives Miteinander.

Wer um die verschiedenen Möglichkeiten weiß,
verliert weder Geduld noch Hoffnung.
Wer Vielseitiges erlebt hat,
besitzt ein tiefes Vertrauen in sich,
in die Welt und in die Zukunft.

Auf der Waage des Lebens
müssen beide Schalen gefüllt sein,
damit Gleichgewicht und innere Harmonie herrschen.
Es ist ein Irrglaube zu meinen,
dass es das Leben gut mit einem meint,
bleibt man von Unangenehmem verschont.
Es ist ein Irrglaube zu meinen,
dass man vom Leben benachteiligt wird,
ist man nicht kontinuierlich erfolgreich.

Die täglichen
großen und kleinen Kontrast-Erfahrungen sind es,
die uns bereichern und stabilisieren.
Sie bringen uns erlebensreich in Kontakt
zu der Welt in unserem Innern und außen.
Sie fordern uns, halten uns auf Trab.
Sie helfen uns, den Glauben an uns selbst zu fördern.
Sie ermöglichen uns einen angemessenen Erwartungshorizont.
Sie helfen uns, uns zu orten, uns jederzeit zu finden.
Sie stärken unser seelisches Immunsystem.

APOKALYPSE

Irgendwann braucht man den Mund nur noch zum Essen.
Er kann keine Worte mehr formen.
Irgendwann braucht man die Ohren
nur noch zum Hören der Klingeltöne.
Sie können die Lautsignale der Welt nicht mehr wahrnehmen.
Irgendwann braucht man die Hände
nur noch zum Halten von Apparaten.
Sie wissen ansonsten nichts mehr
mit einer fremden Hand anzufangen.
Vielleicht auch nichts mehr mit der eigenen anderen Hand?
Vielleicht ängstigen schon Selbstgespräche.
Vielleicht kann man sich selbst nicht mehr zuhören.
Vielleicht kann man für sich selbst
nichts mehr in die Hand nehmen.
Vielleicht verarmen wir in der Sucht nach Bereicherung.

GESPRÄCH

Was ich dir immer schon sagen wollte:
Mir dir kann ich gut reden.
Du hörst zu,
nimmst dir Zeit für mich,
hast immer ein Ohr für mich,
lässt mich ausreden,
fragst interessiert nach,
lenkst nicht vom Thema ab,

bist mit allem belastbar,
verurteilst mich nicht,
nimmst mich ernst,
bist einfühlsam in deinen Kommentaren,
stärkst mir den Rücken,
kannst mich verstehen,
lässt es zu, wenn ich Gefühle zeige,
nimmst mich in den Arm,
freust dich mit mir,
leidest mit mir,
ermutigst mich,
suchst mit mir nach Lösungen.

Oft sitze ich da und denke:
Du bist ganz anders als andere.
Und:
Was ich dir immer schon sagen wollte:
Wie gut kann ich mit dir reden,
wenn du nicht da bist!

UNGEKLÄRT

Du bist mir heute Nacht im Traum begegnet.
Es war furchtbar. Ein Traum des Schreckens.
Nun sitzen wir uns gegenüber.
Es ist furchtbar.
Ich bin aufgewühlt und voller Unsicherheit.
Habe ich im Traum deine andere Seite gesehen?
Meine? Die von uns beiden?

UNGESCHRIEBENE GESETZE

Es gibt nur einen Gewinner,
weil es einen Verlierer gibt.
Gewinnen und verlieren
sind keineswegs für die Ewigkeit.
Es ist niemals eine Einbahnstraße-
Es ist ein ewiges Geben und Nehmen.
Es ist ein ewiger Kreislauf.
Weder gibt es den geborenen Gewinner,
noch den geborenen Verlierer.

Rasch kann aus einem Gewinner ein Verlierer werden.
Wenn er den Kontakt zu den Dingen verliert.
Wenn er den Kontakt zum Horizont verliert.
Wenn er den Kontakt zu sich selbst verliert.
Wenn Gier und Eitelkeit Beute machen.

Gewinner werden zu Verlierern,
wenn sie die Demut verlieren.
Wenn sie voller Übermut meinen,
Erfolge stünden vor allem ihnen zu.
Wenn sie den Blick dafür verlieren,
dass das Glück sich auch andere Weggefährten sucht.
Wenn sie sich auf dem Gewinn ausruhen.

Wenn ein Gewinner verliert,
kann er leicht in Schieflagen geraten
und viel mehr als den momentanen Verlust erleben.

Für den Erfolgsverwöhnten
schmerzt ein Verlust dramatischer.
Zur Enttäuschung und Wut auf andere
gesellt sich die Aggression auf sich selbst.
Das Nichtverzeihen. Die Scham.
Die eigene Degradierung.
Die Selbstentwertung.

Der Gewinner kann sein größter Feind werden.

DURCHBLICK

Die Bequemlichkeit
ist ein gefährliches Gift.
Unsichtbar.
Verführerisch duftend.
Süchtig machend.
Im ersten Moment belebend.
Schließlich tödlich.

WACHSCHLAF

Es gibt diese Tage,
an denen die Welt still steht.
Nichts geht mehr.
Kein Leben spürbar.
Frontal eine hohe Wand.
Dunkelheit rundum.
Im Innern völlige Leere.
Der Motor kraftlos.
Kaum noch Hoffnung auf den Weckruf.

Es gibt diese Tage,
an denen die Welt in DIR stillsteht–
und DU weißt,
dass der wunderbare Moment kommt,
in welchem DU wach geküsst wirst.
Wer wird der Prinz sein?

KAPITEL 3

Man muss die Welt nicht jeden Tag neu erfinden,
um sich wohl zu fühlen.
Jederzeit kann man in vermeintlich Bekanntem
Unbekanntes entdecken
und dann aus dem Vollen schöpfen.

ALTERNATIVEN

Zuoft sind wir einseitig unterwegs.
Wir wollen, dass die Dinge einzig den Verlauf nehmen,
den wir uns wünschen
und von dem alleine wir überzeugt sind,
erfolgreich sein zu können.
Wir vergessen dabei,
dass alles, was geschieht, zwei Seiten besitzt.
Wir lassen nicht nach,
die andere auszublenden.

Immer sind wir einseitig unterwegs.
Wir fixieren uns auf das Negative oder Positive.
Unbelehrbar versteifen wir uns darauf,
unsere Einseitigkeit sei angemessen und berechtigt
Mag es bei anderen anders sein,
nicht bei uns!
Bei uns gelten andere Regeln und Gesetze.

Aller Größenwahn nutzt nichts.
All das Schön-Denken verblasst.
Aller Unverstand versagt.

Auch unser Leben folgt den ewigen Regeln,
wonach alles zwei Seiten besitzt.
So wie alles,
das uns stets begegnet.

Gott und Teufel.
Himmel und Hölle.
Tag und Nacht.
Licht und Schatten.
Erde und Wasser.
Geburt und Tod.
Krankheit und Gesundheit.
Böses und Gutes.
Krieg und Frieden.
Erfolg und Misserfolg.
Glück und Pech.
Kommen und gehen.
Suchen und finden.
Gewinnen und verlieren.
Stark und schwach.
Groß und klein.
Langsam und schnell.
Leicht und schwer.
Billig und teuer.
Alt und neu.

Das Schicksal mag beide Seiten:
SO und SO!
Es mag den immer neuen Wurf der Münze,
um uns hernach mit einer Seite zu gestalten:
SO oder SO!

Zwei Seiten:
die eine, die sichtbar
und auf den ersten Blick bestimmend ist,
jedoch auch die andere, die unsichtbare,
die verborgen ins uns schlummert,
und je nach Lust und Laune des Schicksals
beim nächsten Wurf oben liegt.

Das Schicksal nimmtauf unser Wollen
und Begehren nicht wirklich Rücksicht.
Es tut das, was es in Planung hat.
Uns bleibt demütig zu hoffen,
dass unsere Münze beim ständig neuen Werfen
auf der uns angenehmen Seite landen wird.
Falls sie das tut, sind wir zwar froh,
wir sollten aber nicht vergessen,
dass sie durchaus wieder
auf die andere Seite hätte fallen können:
SO oder SO!

Das Leben fordert täglich diese Leistung,
uns auf das Wechselspiel des Münzwurfs voll zu konzentrieren,
uns fern ab von Arroganz und Trauer
mit dem Ergebnis zu arrangieren.
Es fordert täglich Einsicht und Demut,
um Gegensätze weise in Harmonie zu bringen.
Das SO und SO!
Das mal SO und mal SO!
Wir könnten uns sicherlich versöhnen,
wenn unsere Einstellung die Linse und die Blende stellt:
Der stete Wechsel liegt in der Natur der Sache,
Einseitigkeit ist dauerhaft der anderen Seite Tod.
Einzig reger Wandel
kann die Lebendigkeit am Leben erhalten.

SPIEGEL

Mancher,
der weiß, er ist überall von Spiegeln umgeben,
ist spiegelflüchtig und wird mit abgewandtem Gesicht
durch die Welt gehen,
um sich nicht mit sich selbst zu konfrontieren.
Seine Spiegelbilder machen ihm Angst,
denn sie erinnern ihn erbarmungslos
an die unerledigte Aufgabe:
„Schau endlich in den Spiegel, getraue dich, verändere dich!"

Mancher,
der weiß, dass er überall von Spiegeln umgeben ist,
ist spiegelsüchtig und sucht sein Abbild
immer und überall im Spiegel.
Ganz in sich und den Spiegel verliebt.
Bewundernd, tänzelnd, posierend, betrachtend.
Seine Spiegelbilder blenden ihn,
ohne dass er es bemerkt.
Blind dafür, dass er sich vor dem Spiegel zum Affen macht.

Mancher,
der weiß, dass er überall von Spiegeln umgeben ist,
und sich im Spiegel sieht,
ist spiegelfeindlich und wird wütend und entsetzt,
wenn er sein Bild entdeckt.
Seine Spiegelbilder zerstören sein Selbstbild.
Er sieht vorwurfsvoll die Schuld beim Spiegel
und ruft empört: „Spiegel verkehrt!"

Die Welt der Spiegel dominiert unser Leben.
Wir müssen bereit sein für den Blick,
wenn er neugierig und kritisch nach innen geht.
Nur dann kann er uns Hilfe, Bestätigung und Motivation geben.

Schau erst dann in den Spiegel,
wenn du dein eigenes Bild versöhnen kannst.
Schau erst dann in den Spiegel,
wenn du mit dir im Reinen bist.

Es soll zu allererst dein Innenspiegel sein,
der dir entscheidende Hinweise und Bestätigungen gibt.
Der Innenspiegel soll stets ein ehrlicher Spiegel sein,
ein natürlicher, einer, der nicht verfälscht.
Nur er alleine garantiert zuverlässige Orientierung.
Zeitlebens nimmst du ihn überall mithin.
Der oft hofierte Außenspiegel
ist schmückendes Beiwerk,.

Deinen Innenspiegel aber
kann niemand entfernen.
Er gehört dir.
Er gehört zu dir.
Du trägst ihn immer bei dir.
Deshalb hege und pflege ihn!
Gehe eine tiefe Freundschaft mit ihm ein.
Der Spiegel bist DU!

BEWEISFÜHRUNG

Ich sehe das Leid.
Ich bin Zeuge.
Ich bin irritiert.
Ich bin fasziniert.
Wie geil ist das denn?
Gerade bin ich anwesend.
Ich sehe Leid. Not. Bedrohung.

Ich bin Zeuge.
Ich bin begeistert.
Ich will diesen Moment nicht vergessen.
Ich will davon berichten.
Ich muss alles aufnehmen.
Mich natürlich mit.
Nicht in mich, sondern mit mir.

Ich bin Zeuge.
Unglaublich, dabei zu sein.
Ich nehme alles auf.
Nicht in mich, sondern mit mir.
Ich dokumentiere hautnah.
Schreie. Blut. Angst. Verletzung. Sterben. Tod.
Ich bin Zeuge einer verwerflichen Situation:
Niemand hilft!

Ich bin Sinnes-Zeuge.
Ich bekomme alles mit.
Ich sehe, höre, spüre.
Ich halte fest.
Ich will alles zeigen.
Ich war dabei.
Wirklich dabei.
Unglaublich, großartig, einzigartig.
Welch glücklicher Zufall!
Welche Chance für mich!

Ich war Zeuge.
Ich sah das Leid.
Ich sah die Not.
Ich sah die Verzweiflung.
Es war schlimm.
Warum half niemand?
Wie krass war das denn?
Es waren doch genügend Leute da.
Es war schlimm, mitansehen zu müssen,
dass alle total passiv blieben.
Gut, dass so viele Leute ihr Handy parat hatten,
und diese peinliche Situation, diese furchtbaren,
unterlassenen Hilfeleistungen
als Foto oder Video dokumentiert haben.
Das Netz ist voll.
Voll mit Beweismaterial.
Mit allen Gesichtern.
Es muss authentisch sein, glaubwürdig.

Ich war Zeuge.
Ich habe alles, wirklich alles
von Anfang bis Ende aufgenommen.
Ich kann es jedem zeigen, dass ich dabei war.
Teilgenommen habe an dieser beschämenden Situation.
Was ist das für eine schlimme Welt!

HÖR MAL

„Was soll das?
Was bringt das?
Wofür?
Willst du es wirklich machen?
Mach dir nichts vor!
Du kannst das nicht!
Du schaffst das nicht!
Denk an uns!
Denk an die anderen!
Die können das besser!
Hast du daran gedacht?
Willst du es trotzdem wagen?
Warte lieber ab!
Es kommen andere Gelegenheiten!
Du willst doch nicht als Verlierer dastehen?
Das ist zu riskant!
Also übernimm dich nicht!
Lass es!“

Immerzu dieser wortgewaltige Feind.
Im inneren Ohr. Im bebenden Kopf.
Diese elendige Stimme.
Diese niedermachende Stimme.
Diese belästigende Stimme.
Diese furchtbare Stimme.
Diese Stimme in dir.
Deine Stimme.
Deine andere Stimme.

Nimm ihr die Lautstärke.
Stelle sie ab.
Wende dich ab
und höre auf die andere Stimme.
Auf den Freund in dir.
Den Freund, der dir sagt:
„Gute Idee!
Günstige Gelegenheit!
Nutze die Chance!
Habe Mut!
Glaube an dich!
Du willst das!
Du kannst das!
Deshalb tu das!".
Sage entschlossen zu dir:
„Ich probiere das,
ich schaffe das!"

QUÄLEND

Da ist es wieder.
Dieses mächtige Verlangen,
das die Gedanken rasen, Karussell fahren lässt.
Dieses lästige Verlangen,
das mit dem Finger auf mich zeigt und bohrt:
Wann ist es endlich wieder soweit?
Dieses unverschämte Verlangen,
von dem ich weiß, dass es ein Anrecht hat,
wenn es seinen Platz einfordert.
Dieses quälende Verlangen,
das sich durch Ablenkung nicht abwimmeln lässt.
Dieses elendige Verlangen,
das ich überallhin mitnehme
und nicht abschütteln kann,
weil es ein elementarer Teil von mir ist.
Dieses sehnsüchtige Verlangen,
das mir Freund und Helfer sein will.

Dieses paradiesische Verlangen,
das mich einer tiefen Sehnsucht gleich,
am Arm fasst und fragt:
„Wann komme ich endlich an die Reihe?"
Da ist es schon wieder.
Dieses mächtige Verlangen nach Ruhe,
das mir keine Ruhe lässt.
Und das ganz zu Recht.
Und das ganz in meinem Sinne.

Ich habe verstanden. Ich weiß, was ich tun soll:
Ich nehme es in den Arm. Ich streichele es.
Ich beruhige es und sage:
„Komm, wir beide machen Pause.
Nach der anstrengenden Zeit haben wir Ruhe verdient!"

ÖFFNUNG

Öffne den Mund, wenn du atmen willst.
Öffne den Mund, wenn du essen willst.
Öffne den Mund, wenn du staunen willst.
Öffne den Mund, wenn du etwas Sinnvolles zu sagen hast.
Öffne den Mund, wenn du einen anderen unterstützen willst.
Ansonsten halte den Mund geschlossen.

STANDHAFT

Und wieder tobt der Sturm in dir,
der alles durcheinanderwirbelt,
das eben noch fest geschichtet schien.
Und wieder geistern schräge Gedanken
durch deine eben noch erlebte Überzeugungswelt.
Du spürst den Druck!
Du spürst das Unbehagen,
den Wankelmut verursacht zwischen Pro und Contra.
Du bist allein!
Nur du allein trägst die Verantwortung,
den Weg zu wählen aus der geschwächten Sicherheit.

Du bist das Blatt,
das hingeschaukelt wird und her
von unsichtbaren, starken Kräften.
Das bald nach schwindeligem Flug
endgültig irgendwann zu Boden sinkt
und irgendwo erschöpft verharrt.
Nicht ahnend, dass die Ruhe trügt,
und ständig die Gefahr besteht,
erneut in unruhige Bewegung zu geraten.
Die äuß're Mächte wollen spielen
und ihre Süchte leben.
Sie wollen alles treiben lassen.
Sie hassen Ruhe und auch Sicherheit.
Sie hassen Wurzeln und Standhaftigkeit.

Du hast die Wahl:
Willst du das Blatt oder die Wurzel sein?
Entscheide du, ob du bei jedem Windstoß
wieder zittern willst,
was fremde Mächte wohl wieder mit dir im Schilde führen.
Oder ob du bei festem Wurzelhalt
der Mächte Spiel für dich zu nutzen weißt,
um deine Spielräume zu mehren.
Das Spiel der Mächte soll dein Spiel werden,
du spielst mit ihnen hin und her.
Nicht sie mit dir, wobei sie Angst und Schrecken säen.

Bei Wurzelhalt tobt zwar der Sturm,
jedoch nur außen. Nicht in dir.
Du bist ganz ruhig, voller Neugier.
Hältst dich der Windflut ganz gelassen hin.
Gibst ihm die Chance, das Spiel mit dir zu treiben,
jedoch mit gänzlich neuen Vorzeichen und Zielen,
die allerdings den sücht'gen arroganten Mächten
natürlich ganz verborgen bleiben.
Der Sturm schleift Ecken ab und Kanten,
und formt dich wundervoll zu neuem, glattem Habitus.
Welch herrlich stürmische Zeiten!

OH, OH

Ich singe, nein, brülle. Zu lauter Musik,
die aus den Boxen dröhnt.
Ich habe sie lauter gestellt.
Ich bin in Ekstase. Tanze und hüpfe durch den Raum.
Werfe die Arme. In die Höhe. Verdrehe sie.
Verwirbele meinen Oberkörper.
Vor. Zurück. Nach vorne. Nach hinten.
Zucke wie ein Presslufthammer. Stehe unter Strom.
Stampfe mit den Füßen. Fest und fester.
Tanzekstase. Wie in Trance. Enthemmt.
Trommle quer durch den Raum.
Schlage gegen die Tür.
Auf die Tischplatte. Auf Kissen.
Zwei Zeitungen sind gerollte Trommelklöppel.
Das macht Spaß. Das turnt an.
„Yeah, yeah, yeah", schallt es laut aus meiner Kehle.
Es ist ungewohnt und fremd.
Die Stimme wird heiser. Egal.
Ich singe weiter. Mit eigenem irren Text.
Was kümmert mich das Original.
Es ist jetzt mein Lied.
Es ist jetzt mein Text.
Ich bin hin und weg. Was bin ich gut.
So kenne ich mich gar nicht.

Ich gröle tierisch quer durch den Zoo.
Ich bin affig. Elefantös. Löwig. Bärig.
„Wakadi, wupido, wamamama!"
Wow! Wow, Wow!
Ich schneide Fratzen in den Spiegel.
Strecke mir die Zunge raus.
Veralbere mich mit kindischen Grimassen.
„Du bist blöd, du bist blöd!",
rufe ich mir lauthals zu und mache den Scheibenwischer.
Die Beleidigung belustigt mich.
„Saublöd. Saublöd!", setze ich drauf,
zeige mir den Vogel und hernach den Mittelfinger.
„Du hast es verdient!", rufe ich mir zu.
„Wakadi, wupido, wakadididu!"

Zeitlos, raumlos schwebe ich durch mein Zimmer.
Nehme alles für mich in Beschlag,
um meine Gefühle rauszulassen.
Klatsche rhythmisch in die Hände.
Trommle auf meinen Beinen und auf meinem Bauch herum.
Schnippe mit den Fingern.
Werfe ein Kissen auf das Sofa!
Setze mich auf den Sessel, wippe heftig auf und ab.
Genial einfach. Einfach genial. Ich schwebe.

Ich bin voll und ganz in Aktion. Bin wie aufgezogen.
Im knallroten Drehzahlbereich.
Mein Körper ist ein einziges Tollhaus.
Eine Aktionsfläche. Eine große Bühne.
Da will was aus mir raus. Heftig und sofort.
Und ich lasse es raus.
Hemmungslos.

Sollen andere doch denken, was sie wollen.
Es soll jetzt so sein.
So und nicht anders!
Nichts ist unmöglich.
Schon gar nicht bei mir.
Schon gar nicht jetzt und hier.
Ich drehe die Musik noch lauter.
„Wakadi, wupido, wakadididu!"

Was ist jetzt?
Die Musik ist aus.
Was soll das?
Ich will mehr!
Ich will mehr!
Ich will mehr!
„Wakadi, wupido, wakadididu!"

Ich bin unersättlich!
Was ist los mit mir?
Bin ich von Sinnen?
Übergeschnappt?
Auf Droge?
Bin ich durchgeknallt?
Nein, ich bin ausgelassen.
Ich bin entrückt.
Es soll jetzt so sein.
„Jaaaaaaaaaaaaaaaa!“
Ich lasse mich in den Sessel fallen.
Strecke alles relaxt von mir.
„Wakadi, wupido, wakadididu!“

EGALOMANIE

Egal, ob im Bus.
Egal, ob im Büro.
Egal, ob Zuhause.
Egal, ob beim Arzt.
Egal, ob am Strand.
Egal, ob beim Essen.
Egal, ob beim Frisör.
Egal, ob im Geschäft.
Egal, ob im Flugzeug.
Egal, ob im Fahrstuhl.
Egal, ob in der Sauna.
Egal, ob beim Masseur.
Egal, ob auf einer Feier.
Egal, ob in der Warteschlange.
Egal, ob während eines Konzerts.
Egal, ob während einer Beerdigung.
Egal, ob während einer Wanderung.

Egal, ob andere keine Zeit haben.
Egal, ob andere Ruhe möchten.
Egal, ob andere kein Interesse haben.
Egal, ob andere sich unterhalten.
Egal, ob andere mit anderem beschäftigt sind.

Egal. Egal. Egal.
Die Welt ist ihnen egal.
Für Menschen,
die ständig am Reden sind.

Egal. Egal. Egal.
Die Situationen sind ihnen egal.
Für Menschen,
die ständig am Reden sind.

Egal. Egal. Egal.
Andere Menschen sind ihnen egal.
Für Menschen,
die ständig am Reden sind.

Egal wo.
Egal wem.
Egal wann.

Tratschen. Lästern. Ausfragen. Prahlen.
Jammern. Anklagen. Angeben.
Reden, reden, reden.
Ohne Zeichensetzung.
Ohne Punkt und Komma.

KAPITEL 4

Alles an mir bin ich.
Alles in mir bin ich.
Alles gehört mir.
All das bin ich.

MILLIARDÄRE

Milliarden Menschen auf der Erde.
Du und Milliarden Menschen auf der Erde.
Milliarden Menschen auf der Erde mit Dir.
Milliarden Gesichter.
Milliarden Geschichten.
Milliarden Schicksale.
Milliarden Hoffnungen.
Milliarden Enttäuschungen.
Milliarden Erfolge.
Milliarden Verluste.
Milliarden Geburten.
Milliarden Tode.

Milliarden Menschen auf der Erde.
Niemand kann sie alle kennen.
Sie bleiben uns immer fremd.
Ihre Namen sind milliardenfach
und lauten
ANO NYM und NONA ME.
Und selbst, die, die wir kennen,
kennen wir meist nicht wirklich.

MORGENRITUAL

Ich erwache.
Durch die Ritzen der Jalousie erhellt die Sonne
mein spartanisches Zimmer.
„Sein oder Nichtsein", schießt es mir durch den Kopf.
Hamlet springt aus dem Bett,
windet sich zum Mephisto.
„Ich bin ein Teil von jener Kraft,
die stets das Böse will und stets das Gute schafft".
Wohlan.
Den Weg ins Bad nehme ich als König Lear
in einer vom Alter fürchterlich gebeugten Haltung:
„Du jüngste, nicht geringste".
Der gütige Satz verleiht mir Kraft.
Ich richte mich auf und schaue in den Spiegel.
„Spieglein, Spieglein an der Wand", höre ich mich äffen.
Soll ich nun den charmanten Märchenprinzen abgeben,
der die böse Schwiegermutter verführt?
„Oh nein, oh nein!"
Ich reiße voller Entsetzen die Arme in die Höhe,
tue es Michael Kohlhaas gleich,
den das Schicksal erneut gebeutelt hat.
Grimassiere Trauer und Verzweiflung.
Charakterwechsel. Emotionswechsel.
Ich tänzele in die Küche ganz im Stile Charlie Chaplins.
Mit imaginiertem Stock in der rotierenden Hand.
Bewegung ist alles. Und die habe ich voll drauf.

Ich schaue mich um und höre mich
mit heiserer Stimme Satchmo singen:
„What a wonderful world!"
Ja, so souverän kann es weitergehen.
Ich kann überzeugend schauspielern und glänzend singen!
Warum nicht als Graf Krolov im Musical „Phantom der Oper?
Ich schmettere aus voller Brust „Die unstillbare Gier".
Ich bin eben auch ein Musicalstar. Und was für einer!
Ich finde mich einfach toll.
So Leute wie mich will der Zuschauer haben.
Was bin ich heute wieder gut! Applaus, Applaus!
Beim Gang an den Kühlschrank fällt mir spontan Moliere ein.
Als eingebildeter Kranker krümme ich mich von Koliken geplagt,
beim bloßen Gedanken an Essen.
Ich zucke und stöhne hypochondrisch geimpft
und rufe durchdringend, fordernd:
„Jedermann! Jedermann!"
Ich sehe mich auf der großen Bühne in Salzburg.
Natürlich bin ich für die großen klassischen Rollen geboren.
Das Brotmesser in der Hand erinnert mich an Othello.
Warum nicht?
Ich bin Othello: „Die Bosheit wird durch Tat erst ganz gestaltet".
Nahtlos bin ich wie auf das Stichwort bei James Bond.
Ich blase mich auf, befeuchte die Lippen und springe aufs Sofa,
wo ich – inzwischen in der Rolle Tarzans –
Jane aus den Armen des Biestes rette.
Ich trommele wild entschlossen auf die Brust und rufe:

„Ich fühle mich wie neu geboren!"
Energisch spiele ich Riffs auf meiner Luftgitarre
und gröle „We will, we will rock you!"
Das kracht. Das groovt.
Es ist eben alles immer nur eine Frage der Übung.
Und ich bin voll im Saft.
Als junger Liebhaber. Als unwiderstehlicher Don Juan.
Als umschwärmter Popstar. Als Weltstar.
Es ist Zeit für eine Telenovela:
„Irgendwoher kenne ich dich.
Wollen wir einen Kaffee trinken gehen?"
Der Spruch ist zwar platt,
ich spreche ihn aber ganz lasziv als Casanova.
Ich bin außer Rand und Band. Meine Gefühle drehen durch.
Volles Adrenalin. Ich wechsele das Fach
und schleiche als fieser Mörder
im Regio-Krimi durch den Raum.
Blutrünstig. Unbarmherzig. Mächtig.
Ich stehe regungslos im Flur an der Garderobe
und warte, dass das ahnungslose Opfer den Raum betritt.
Ich starre auf die Tür. Gleich ist es soweit.
Gleich. Ich bebe innerlich. Schnaufe durch.
Ich spüre, dass gleich etwas passiert.

Mein Blick fällt auf die Wanduhr.
11.20 Uhr. Es müsste Zeit sein.
Ende der Vorstellung.

Ich verlasse unvermittelt meine Wohnung.
Der Hausflur ist kalt und dunkel.
Und schmutzig. Die Wände beschmiert.
Niemand unterwegs.
Leise und angespannt schleiche ich die Treppe hinunter.
Zum Briefkasten.
Der Schlüssel dreht sich im kleinen Schloss.
In meinem Kopf hämmert der Satz: „The winner is –!"
Zittrig klappe ich die Briefkastentür auf.
Leer.
Wie kann das sein?
Mein Agent hatte für heute einen Brief angekündigt.
Die Einladung zu einem Casting,
detaillierte Informationen anbei.
Mein Herz rast. Es pocht bis zum Hals hinauf. Adrenalin pur.
Nein, ich mache jetzt nicht das Rumpelstilzchen.
Vom Theater habe ich für heute genug.
Deprimiert erreiche ich meine Wohnung.

Jetzt spielt Jonny Walker die Hauptrolle.
Und um 12.30 Uhr ist wieder
ein Termin bei der Agentur für Überlebenskünstler.

IN VOLLER HARMONIE

Lautlos streicht ein milder Wind über das Wasser des Sees.
Ruhig sitzt er da. Mit starrem Blick auf die winzigen Wellen.
Regungslos und still.
Versunken und stumm. Ohne Worte.
Manchmal scheint er in sich hineinzusprechen.
Dann formt er seine Lippen.
Dann bewegt er den Mund.
Dann erkennt man die leicht rotierende Zunge.
Aber er sagt nichts.
Aber man hört nichts.
Manchmal scheint es, als würde er singen.
So einfach vor sich hin.
Aber man hört nichts.
Still und regungslos sitzt er da.
Wie angeschraubt auf seinem kleinen Klappstuhl.
Eins mit der Stille.
Eins mit der Umgebung.
Hier und da wölbt er die Lippen zu einem großen „O".
Man weiß nicht, ob er gerade einen Karpfen spielt,
oder, ob er die Melodie des sanften Windes mit pfeift.
Er ist eins mit sich und der Welt.
Der Angler.
Er hat sich ganz den Fischen angepasst.
In seinem Mienenspiel.
In seinem Ausdruck.
In seiner Stille.
In seinem Schweigen.

Sie nannten ihn Chamäleon.
Denn Zuhause sprudelte es aus ihm heraus.
Er hatte immer viel zu erzählen.

KONTAKTAUFNAHME

Ich weiß,
es ist ziemlich einfach,
mich immer wieder und hinterher dafür zu entschuldigen,
dass ich wieder einmal nicht das beachtet habe,
was ich mir eigentlich vorgenommen hatte.

Ich weiß,
eigentlich müsste ich langsam mal verstanden haben,
dass du es nicht böse mit mir meinst,
sondern mir nur helfen willst.

Ich weiß,
dass du mir immer und immer wieder deutliche Signale sendest,
wenn ich auf einem riskanten, gefährlichen Weg bin.
Rechtzeitig. Unübersehbar. Vielfältig.

Ich weiß,
dass du mir schon oft die klaren Zusammenhänge verdeutlicht hast,
die immer und immer wieder nicht nur auf der Hand liegen,
sondern sich bestätigt haben.

Ich weiß,
dass ich noch nicht genügend daran glaube,
dass du es wirklich ehrlich mit mir meinst,
und zu oft zweifle, weil alles so widersprüchlich ist.

Ich weiß,
dass ich viel lernen kann,
wenn ich alles aus einem anderen Licht betrachte,
weil die Zusammenhänge einfach nachvollziehbar sind.

Ich weiß,
dass ich dir viele unnötige Schmerzen zufüge,
wenn ich dich nicht ernst nehme,
und dir immer unredliche Motive unterschiebe.

Ich weiß,
dass ich dir wehtue, wenn ich immer noch meine,
dass du mir wehtun willst,
indem du mich oft plötzlich überfällst.

Ich weiß,
dass ich dich nicht willkommen heiße,
und meistens will, dass du sofort wieder verschwindest,
weil ich dich lästig finde.

Ich weiß,
dass ich oft sauer und ungehalten bin,
wenn du bleiben willst, um mir doch noch helfen zu können,
und ich dann zu allen möglichen Mitteln greife,
um dich zu verjagen.

Ich weiß,
dass du eigentlich nie plötzlich einfach so kommst,
völlig unangemeldet und überraschend,
sondern dich immer frühzeitig ankündigst,
um mir eine letzte Chance zu geben,
doch noch rechtzeitig vernünftig reagieren zu können.

Ich weiß,
dass du dich zu oft schmerzhaft in Erinnerung bringen musst,
um mich für meine Dummheit und Ignoranz zu bestrafen,
und um mir zu sagen:
„Das hast du nun wieder davon!"

Ich weiß,
dass du mir immer wieder anrätst,
von vornherein kritisch und ehrlich mit mir umzugehen,
um mich nicht erneut von den Zuständen überraschen zu lassen
und keinen unnötigen Schaden nehmen zu müssen.

Ich weiß,
dass ich das alles weiß.
Auch jetzt, wo ich es ganz bewusst mit dem Ziel aufschreibe,
meine Erfahrungen und Erkenntnisse endlich zu beherzigen,
und sie in meinem Alltag umzusetzen.

Ich weiß,
dass du mein ehrlicher Freund bist,
mein Beschützer, mein Gönner, mein Ratgeber.
Deshalb bitte ich dich jetzt wirklich ganz ehrlich
um Entschuldigung.

„Lieber Schmerz, es tut mit leid,
dass ich dir immer so weh getan habe.
Ich habe verstanden:
Wenn du nicht da bist,
bist du mir ganz nahe.
Wenn du überflüssig bist,
hast du deinen Auftrag erfüllt.
Du sollst fortan mein geschätzter,
unsichtbarer Begleiter sein,
den ich brauche, um ihn nicht zu brauchen.
Lieber Schmerz, DANKE!"

KAPITEL 5

Man muss nicht jeden Tag die Welt neu erfinden,
um sich wohl zu fühlen.
Denn man kann in jedem Augenblick bei dem,
was man bereits in sich trägt, Neues entdecken,
und dann aus dem Vollen schöpfen.

DILEMMA

Sie stürmen die Welt.
Sie rufen. Sie schreien. Sie drohen:
Ich!
Die Zahl der ICHER explodiert.
Narzissten breiten sich aus.
Unaufhörlich. Unaufhaltsam.

Die Produktion von Spiegeln kollabiert.
Jede freie Hand muss Halter sein.
Aus allen Perspektiven in allen Posen: ICH!
Man sucht fieberhaft nach Opfern.
Für spitze Ellenbogen. Gnadenloses Saugen.
Vorteile durch Übervorteilen.
Die Tische blank gescheuert vom darüber ziehen.
Doch langsam wird die Beute schmal.

Die ersten Narzissten zerstören ihre Spiegelbilder.
Sie haben sich satt. Und satt gesehen. Überdrüssig satt.
Sie sind in Sorge. Von Ängsten getrieben.
Sie haben Panik, in der Masse zu verschwinden.
Sie merken, bald muss man zum Kannibalen werden.
ICH gegen ICH.
Gnadenlos. Koste es, was es wolle.
ICH gegen ICH.
Es bleibt wohl keine Wahl. Die Zeiten drohen, sich zu ändern.

Man sucht fieberhaft nach Schuldigen.
Wer erdreistet sich, die Majestäten zu beleidigen?
Wer missachtet die Hierarchien?
Wo sind Spiegel? Wo sind Opfer? Wo sind Schuldige?
Das kann doch so nicht weitergehen!
ICH ist empört und bis in Mark und Seele tief gekränkt.
Die Welt ist ungerecht geworden!

Stehen wir vor einer Weltenwende?
Ist das ICH etwa ein elendiges, auslaufendes Modell?
Beginnt vielleicht das neue Zeitalter des „WIR"?
WIR mit WIR?
Organisiert sich Miteinander neu?
Hat sich der Mensch gar wieder oder neu entdeckt?
Das ICH, das DU und dann das WIR?
WIR brauchen keine Spiegel!
WIR brauchen keine Opfer!
WIR brauchen keine Schuldigen!
WIR brauchen nur das „WIR".
ROGER. ROGER. ROGER.

GUTER FREUND

Natürlich weiß ich,
dass du deinen Freund und Begleiter brauchst.
Das hast du mir schon oft gesagt,
und auch, dass ich mich abregen soll.

Natürlich weiß ich,
dass er für dich immer da ist,
und Dir vor allem im Notfall
sofort zur Verfügung steht.
Rund um die Uhr. Zuverlässig und bereit.

Natürlich weiß ich,
dass ich mich damit abfinden soll,
dass du ihn immer mitbringst.
Auch zu unseren ganz privaten und intimen Treffen,
wo wir eigentlich ungestört sein wollen.

Natürlich verstehe ich,
dass es für dich unbestritten ist,
dass auch er zu unserem Kontakt und Gespräch
irgendwie immer dazu gehört.
Und halt auch mal im Mittelpunkt steht.

Natürlich ärgert es mich,
wenn du dich manchmal sehr lange
und nur mit ihm unterhältst,
und ich als stiller Zuhörer dabeisitze
und mich ruhig verhalten soll.

Natürlich habe ich es manchmal satt,
und mich stören diese Dreiergespräche.
Und viel zu oft hätte ich es gerne,
wenn dein Freund mal nicht dabei wäre
und Zuhause bliebe.

Natürlich spüre ich,
dass das ein Wunsch ist,
vielleicht so ein frommer Wunsch,
den du mir nicht erfüllen könntest.
Schlimmer noch nicht möchtest.

Natürlich habe ich deine Worte im Ohr:
„Es ist eine Gewohnheit geworden.
Er gehört dazu.
Ich kann nicht anders.
Ich muss ihn dabeihaben."

Natürlich verletzt es mich,
wenn du sagst: „Ich brauche ihn, sonst fehlt mir etwas.
Er ist ein wichtiger Teil von meinem Leben.
Lebenswichtig eben."
Also er und du und nicht Du und Ich!

Ich bin traurig.
Ich komme mir vernachlässigt vor.
Ich habe Angst, dir nicht viel zu bedeuten,
überflüssig zu sein.
Ich zweifle an deiner Zuneigung.
Ich muss mit dir reden.
Ich mit dir. Du mit mir. Wir mit uns.
Ohne deinen Freund.
Ich möchte merken,
dass ich für dich die Nummer eins bin,
wenn wir zusammen sind.
Ich möchte erleben,
dass in diesem Moment, unserem Moment,
alle anderen Menschen und alle anderen Dingen in der Welt
völlig unwichtig sind.
Dass sie keine Rolle für dich spielen,
wenn wir zusammen sind.

Nur wir zwei. Von Angesicht zu Angesicht.
Auge in Auge. Hand in Hand.
Füreinander ganz Ohr.
Herz für Herz.

Also bitte ich dich:
Lass doch endlich dein Smartphone in der Tasche.
Abgestellt. Stumm geschaltet. Off-Line.
Oder lass es Zuhause.
Weit weg.
Ich alleine möchte dir genügen.

PARKBANK

Ich sitze auf der Parkbank.
Alleine. Genieße mit geschlossenen Augen die Ruhe und Wärme.
„Guten Tag! Entschuldigen Sie, ist hier noch frei?"
Ich blicke auf. „Natürlich ist hier noch frei." –
„Danke, sehr schön."

Wir sitzen zu zweit auf der Parkbank.
Rasch entwickelt sich ein gepflegter Small Talk.
Und nach kurzer Zeit ein Meinungsaustausch,
der für uns beide anregend und sehr interessant ist.
„So, ich muss jetzt weiter. Es war schön, mit Ihnen gesprochen zu haben."
Ich bedanke mich und gebe das Kompliment zurück.

Ich sitze auf der Parkbank.
Alleine. Genieße mit geschlossenen Augen die Ruhe und Wärme.
Hänge in Gedanken dem wunderbaren Gespräch nach.
Ich öffne die Augen.

Wir sitzen zu zweit auf der Parkbank.
Ich greife mir auf den Kopf.
Habe ich eine Tarnkappe auf? – Nein!
Bin ich Luft? – Anscheinend!
Ich bin traurig. Ich möchte nicht wie ein Nichts behandelt werden.
Ich bin doch auch nur ein Mensch!

Soll ich einen Kontaktversuch starten?
Ich will authentisch sein!

RUHEBANK

Die Sonne lacht.
Die Mittagspause ist vorbei.
Ich hatte mir die Ruhebank ganz anders vorgestellt.
Ich stehe auf und höre hinter mir:
„Einen schönen Tag noch, junger Mann."
Die beiden anderen bleiben sitzen.
Sie haben sich bestimmt noch viel zu erzählen.
Das Thema ist unendlich ergiebig.
„Ihnen auch", sage ich fast automatisch höflich
und schiebe als Fazit meines Mithörens nach:
„Und vor allem wenig Krankheit und Gebrechen!"

Ich bin mir sicher,
dass mein Wunsch ganz sarkastisch
und nicht wirklich ehrlich war.
Genauso sollte seine Wirkung auch sein.
Mein Kopf ist schwer.
Die Sonne lacht.
Die Mittagspause ist vorbei.

Ruhebänke kennen kein Bankgeheimnis
Ruhebänke kennen keine Schweigepflicht.
Ruhebänke haben keine Diskretionsabstände.
Ruhebänke sind Unruhebänke.
Es werden aus den offenen Tresoren
alle nur denkbaren Zertifikate offengelegt:
Alle Probleme bei Verwandten, Bekannten und allen anderen.
Alle verbogenen Messlatten.

Alle Krankheitsurkunden.
Alle Belege zu körperlichen Defiziten.
Alle Besuchsprotokolle bei Krankheitsagenten.
Alle und alles akribisch abgelegt.
Alle und alles heroisch präsentiert.
Alle und alles als Jokerkarten zu verwenden,
um alle und alles im Bedarfsfall jederzeit zu toppen.

Die Sonne lacht.
Die Mittagspause ist vorbei.
Mein Gott, wäre man arm dran,
wenn man einfach nur gesund wäre.
Gesund zu sein ist gesprächstechnisch ein Armutszeugnis.
Man hat nichts zu sagen. Ist vielleicht sogar ein Spielverderber.
Nur wer krank ist, hat anscheinend viel zu erzählen.
Nur wer auf seiner Habenseite ein Leiden verbuchen kann,
ist auf der Unruhebank solvent.
Krankheit ist ein wertvolles Kapital!

ROSTIGE NÄGEL

Es begann ganz harmlos.
Ich sah mich um.
Andere besaßen mehr. Konnten mehr. Sahen besser aus.
Hatten mehr Freunde. Eine positivere Ausstrahlung.
Waren sympathisch und begehrt.
Ihnen schien alles in den Schoß zu fallen.

Es fing alles ganz harmlos an.
Ich begann in die Vergangenheit zu schauen
und bemerkte immer häufiger,
dass ich schon immer irgendwie mehr Probleme hatte als andere.
Dass mir das Leben häufiger einen Streich gespielt hatte.
Dass das Schicksal mich schon immer stärker benachteiligt hatte.
Dass mir mehr versagt blieb als anderen.
Jetzt fiel mir auch auf,
dass meine persönlichen Nachteile und Niederlagen,
die mein heutiges Leben auszeichnen,
ihre Ursachen in meiner schwierigen Vergangenheit hatten.
Ganz sicher und eindeutig.

Es fing alles ganz harmlos an.
Diese klare Erkenntnis traf mich mitten ins Herz.
Ich betrachtete mich und die anderen fortan genauer.
Und kritischer. Und vergleichender.
Leider musste ich wiederholt feststellen,
dass sich meine furchtbaren Eindrücke tagtäglich bestätigten.
Beruflich und Privat.

Bei Fremden und Bekannten.
Ich merkte, dass ich ein Looser war.
Ein elendiger, zu verachtender Looser.
Schon immer. Anders als alle anderen, die ich kenne.

Es fing alles ganz harmlos an.
Ich entdeckte, dass alle meine kleinen Erfolge
Glückssache waren.
Nie von Dauer. Sie hingen nie wirklich mit mir zusammen.
Ich war eigentlich überflüssig. Überüberflüssig.
Im Sozialkontakt und auf dieser Welt.
Niemand brauchte mich. Niemand wollte mich.
Ich war nicht vorrangig begehrt und gesucht.
Ein Lückenbüßer. Eine graue Maus. Ein totales Nichts.
Ich war erschüttert und am Boden zerstört.

Es fing alles ganz harmlos an.
Ich verfiel in ein heftiges Selbstmitleid
und zog mich in mein Schneckenhaus zurück.
Schleichend, aber konsequent. Und ganz tief hinein.
Mein Selbstbild war in tiefem Schwarz gezeichnet.
Negativ. Katastrophal. Desaströs.
Und auch das Bild, das ich von anderen Menschen hatte.
Und von der Gegenwart.
Und von der Zukunft.
Und von der Hoffnung.
Und vom Selbstvertrauen.
Und vom Selbstwertgefühl.
Und von meiner Intelligenz.
Und von meiner Perspektive.

Es fing alles ganz harmlos an.
Ich wurde immer schneller neidisch und reizbar.
Ich konnte mich nicht mehr freuen.
Weder über andere, schon gar nicht über mich,
noch über irgendetwas.
Ich war meistens nur noch schlecht drauf.
Alles störte mich.
Alles überforderte mich.
Ich sah alles nur noch negativ.
Alles nur noch gegen mich gerichtet.
Alles nur noch sinnlos und nutzlos.
Ich wollte mich nur noch verkriechen
und in Ruhe gelassen werden.

Es fing alles ganz harmlos an.
Alles schien wie für immer aus dem Gleichgewicht geraten.
Alles im Chaos. Alles katastrophal.
Überall nur noch Bleiwesten.
Überall nur noch negative Vorzeichen für mich.
Ich verabschiedete mich immer mehr
aus dem pulsierenden Leben.
Aus anfänglichem Selbstmitleid wurde Selbsthass.
Inzwischen war ich der festen Überzeugung,
dass mich nicht nur die anderen nicht so wollten, wie ich war,
sondern ich mich selbst auch nicht mehr leiden konnte.
Ich lehnte mich ab.
Alle Selbstliebe war erloschen.

Es fing alles ganz harmlos an.
Ich schaute nur noch mit Ängsten und Sorgen nach vorne.
Die Zukunft fiel wie ein mächtiger Schatten auf mich.
Zukunft war immer der nächste Moment.
Die nächste Minute auf der tickenden Uhrenzeitbombe.
Die nächste Stunde . Der nächste Tag.
Die nächste Aufgabe.
Nun war bereits die Gegenwart
die unerträgliche Zukunft geworden.
Alles war eine Bedrohung, der ich nicht ausweichen konnte.
Alles war eine Herausforderung,
der ich mich nicht mehr gewachsen sah.
Alles war eine Überforderung,
die mir rostige Nägel in die Seele trieb.

Alles. Alles. Alles.
Ich war am Ende.
Ich war seelisch tot.
Versteinert. Leer. Ausgebrannt.
Ich saß da wie ein Haufen Elend.
Alles egal. Egal. Egal.
Alles voller Angst. Angst. Angst.
Alles die Hölle. Hölle. Hölle.
Alles ohne Ausweg. Ausweg. Ausweg.

Plötzlich kam ein weiser, alter Mann auf mich zu.
Er schien mich die ganze Zeit über
beim Schreiben beobachtet zu haben.
Er lächelte mich an und nahm meine Aufzeichnungen an sich.

Blitzschnell überflog er meine Zeilen
und drückte mir dann ein neues, weißes Blatt
und den Bleistift in die Hand.
„Das geht auch anders!"
Beauftragte er mich mit magischem Blick.
Mich durchfuhr in diesem Augenblick ein Blitz.
Irgendwie veränderte sich der Horizont.
Dunkle, tief hängende Wolken verschwanden.
Es wurde hell. Die Natur schien zu erwachen.
Ich begann erneut zu schreiben.
Über mich. Meine Geschichte. Meine Gedanken.
Die Worte zauberten sich wie von unsichtbarer Hand geführt
auf das Papier.
Ich schrieb und las. Ich las und schrieb.

Es fing alles ganz einfach an.
Ich schaute mich um, und bemerkte immer häufiger,
dass es mir verglichen mit vielen anderen wohl gut ging.
Ich besaß genug. Hatte einen guten Job. Eine gute Ausbildung.
Ich besaß viel Können und Geschick
und konnte mir in vielen Dingen des Alltagslebens allein helfen.
Ich war erfolgreich und unabhängig.
Ich war gesund und attraktiv.
Im Vergleich mit anderen musste ich mich nicht verstecken.
Ich hatte Freunde und Bekannte. Man mochte mich.
Ich hatte wohl eine positive Ausstrahlung.
Im Grunde genommen konnte ich mit meinem Leben
wirklich zufrieden sein.

Es fing alles ganz einfach an.
Wenn ich zurückschaute, stellte ich immer wieder fest,
dass es das Schicksal gut mit mir gemeint hatte.
Ich hatte nicht nur die üblichen Probleme und Schwierigkeiten,
die alle haben,
sondern auch den Eindruck,
dass ich mit den Fragen des Lebens gut klar gekommen war.
Egal, was passiert war,
ich hatte alles mehr oder weniger gut bewältigt.
Manches sogar besser als andere,
die ich immer als stark und kompetent angesehen hatte.
Ich konnte stolz und gelassen sein.

Es fing alles ganz einfach an.
Diese Erkenntnisse aus vielen kritischen Rückbetrachtungen
machten mir nicht nur Mut,
sondern stärkten mich auch persönlich.
Mein Selbstwertgefühl.
Mein Selbstvertrauen.
Meine Selbstsicherheit.
Ich fühlte mich gut. Ich war wer. Ich gehörte dazu.
Ich hatte keine Probleme, Freunde zu finden.
Ich fühlte mich bei gemeinsamen Unternehmungen
immer wohl und akzeptiert.
Ich war angesehen, ein geschätzter Gesprächspartner.
Und ein Mensch, dem man vertrauen konnte,
mit dem Freunde gerne persönliche Fragen klären wollten.
Ich merkte, dass mir diese Rückmeldungen guttaten.

Es fing alles ganz einfach an.
Ich entwickelte ein ehrliches, positives Selbstbild.
Ich mochte mich, ohne dabei abzuheben.
Aber ich war froh, dass ich überall dazugehörte.
Ich umgab mich konsequent mit Menschen, die mir gut taten.
Zwischen uns herrschte immer eine angenehme Atmosphäre.
Es war ein Geben und Nehmen.
Ein stets faires, gerechtes, offenes Miteinander.
Niemand kam zu kurz.
Ich spürte ganz tief in mir Zufriedenheit, Ruhe und Zuversicht,
dass diese Menschen mit mir auch künftig
ein wunderbares Team darstellen.
Es konnte kommen, was da wolle.
Wir würden zusammen halten
und alles irgendwie gemeinsam meistern.
So wie bisher, so auch weiterhin.

Es fing alles ganz einfach an.
Ich spürte meine Lebensfreude.
Mein Wohlbefinden. Meinen Optimismus. Meine Neugierde.
Alles, was auf mich zukam, sah ich als Möglichkeit,
wieder etwas Neues kennenzulernen, das mich bereichert.
Ich freute mich, mich freuen und genießen zu können.
Nicht nur eigene Erfolge quittierte ich mit Anerkennung,
sondern auch die der anderen Menschen.
Ich freute mich mit. Ich lobte. Ich spornte an.
Ich machte Mut. Ich engagierte mich.
Wir waren ein Team.
Jeder für jeden. Zusammen waren wir stark.

Ich fühlte mich nie alleine gelassen.
Ich war in Harmonie mit der Welt und mit mir.
Ich spürte Kraft und Energie.

Es fing alles ganz einfach an.
Ich hatte keinerlei Angst vor dem, was kommen könnte.
Ich wusste, dass es für alles eine Lösung gibt.
Ich merkte, wie gut es mir tat,
mir keine unnötigen Gedanken über die Zukunft zu machen.
Über ungelegten Eiern zu brüten.
Grübeleien empfand ich als Zeitverschwendung.
Warum sollte ich künftig nicht genauso
mit allen Herausforderungen
klar kommen, wie bisher?
Ich war auf die Gegenwart konzentriert.
Auf die Angebote des Momentes und des Tages.
Hier und nur hier spielte sich mein Leben ab.
Das und nur das war die Wirklichkeit.
Ich war mittendrin im Leben.
Ich konnte mich immer mitentscheiden.
Egal, ob es gut lief oder schlecht.
Ich war dankbar für die Chancen, die sich mir boten.
Ich war Realist und kritisch
und sah trotz der Verlockungen stets die Risiken und Grenzen.
Ich war mitbeteiligt.
Ich war Architekt. Handwerker. Regisseur. Akteur.
Ich spürte meine Zuversicht.
Meine innere Ruhe und Ausgeglichenheit.
Meine Freude am Leben. Meine Dankbarkeit,
dieses Leben bisher so erfolgreich, aktiv, gesund
und wohlbefindlich gelebt haben zu dürfen.

Alles. Alles. Alles.
Immer. Immer. Immer.
Ich war glücklich und zufrieden.
Was wollte ich eigentlich mehr?
Was? Was? Was?
Nichts! Nichts! Nichts!

„Gut gemacht!" Sagte der weise, alte Mann
und hatte plötzlich meine beiden
beschriebenen Zettel in der Hand.
„Eine der beiden Aufzeichnungen
darfst du mit nach Hause nehmen.
Sie soll fortan das Drehbuch deines Lebens sein.
Vergiss aber nicht:
Es ist dein Drehbuch für dein Leben!"
Ohne viel zu überlegen,
nahm ich einen der beiden Zettel an mich.

Ich wachte auf.
Irgendwie hatte ich das Gefühl,
dass ich heftig geträumt hatte.
Mein Körper spannte noch nach.
An einen Traum konnte ich mich aber nicht mehr erinnern.
Durch den Vorhang sah ich die Morgensonne
ins Zimmer grüßen,
was mich mit Freude und Energie erfüllte.
Der Tag konnte kommen.
Ich war bereit.
Wie traumhaft schön!

AUSSERPHONISCH

Partnerschaftliches Miteinander.
Rücksichtnahme. Einfühlung. Wechselseitigkeit.
Alles keine leeren Worte.
Alles Worte von Fairness und von Harmonie.
Alles Worte, die man unterschreiben kann.
Alles Worte, die alle abnicken.
Alles Worte, die alle kennen.
Alles Worte, die Maßstäbe setzen.

Aber, mein Freund,
warum gehst du nicht zur Seite,
wenn du einen Anruf erhältst,
damit wir anderen
uns weiterhin ungestört unterhalten können?
Warum bleibst du,
und wir anderen sollen wie selbstverständlich
ruhig und still sein,
damit du mit einem Fremden reden kannst,
der in unserem Miteinander nicht gegenwärtig ist?
Einem Menschen,
den wir meistens nicht kennen.
Einem Menschen,
der von jetzt auf gleich unser Miteinander bestimmt.
Merkst du nicht, mein Freund,
dass du und der andere stören?
Merkst du nicht, mein Freund,
dass du ohne Respekt uns gegenüber bist?

Merkst du nicht, mein Freund,
dass wir denken müssen,
dass wir dir nicht nur in diesem Moment,
sondern auch sonst nicht so wichtig sind?

Vielleicht solltest du gehen,
denn wir haben uns wohl nichts zu sagen.
Außer leere Worte.

KAPITEL 6

„Verschwinde, du stehst mir im Weg!",
drohte der Riese dem Zwerg.
Dieser schaute auf,
lächelte und sprach:
„Gerne. Ich helfe jedem,
der den Überblick verloren hat."

MÄH

Beim Vorübergehen an einer Schafherde
vernehme ich ein klares, deutliches „MÄH",
das von einem erwachsenen Tier ausgesprochen wird.
Einfach nur „MÄH".
Ohne künstliche Länge. Ohne spürbare Vibration.
Ohne stotternde Wiederholung.
„MÄH". Und das genügt.
Nach kurzer Stille, während derer die Herde weiter grast,
ertönt erneut dieses klare, deutliche „MÄH".
Dieses Mal aber von einem Jungtier.
Einfach nur „MÄH".
Ohne künstliche Länge. Ohne spürbare Vibration.
Ohne stotternde Wiederholung.
„MÄH". Und das genügt.
Die Antwort des erwachsenen Tieres
lässt nicht lange auf sich warten: „MÄH".
Einfach nur „MÄH".
Ohne künstliche Länge. Ohne spürbare Vibration.
Ohne stotternde Wiederholung.
„MÄH". Und das genügt.
Und dann ist Stille.
Die Herde tut das, was sie vorher tat. Unaufgeregt. Geordnet.
Die normale Tagesordnung steht auf der Tagesordnung.
Die vorangegangene, kurze, einsilbige Konversation
scheint eindeutige, unmissverständliche Botschaften
beinhaltet und ausgetauscht zu haben.
„MÄH" Einfach nur „MÄH".
Ohne wenn und aber. Klare Aussage. Klare Ansage.
„MÄH" eben. Und das reicht.

NEUGEBURT

Ich war von mir begeistert.
Und völlig überrascht.
In mir schlummern Talente,
die ich nie für möglich gehalten hätte.

Ich kann malen.
Nicht kritzeln.
Nein, ich kann richtig schöne bunte Bilder malen.
Mit Pinsel. Mit Kreide. Mit Bleistift.
Tiere. Menschen. Sogar Abstraktes.
Einfach so, meine Gefühle und Stimmungen ausdrücken.

Ich kann tanzen.
Nicht rumhopsen.
Nein, ich kann richtig schön und rhythmisch
den Körper bewegen.
Im Takt. Mit der Musik. Mit Choreographie.
Einfach so, meine Gefühle und Stimmungen ausdrücken.

Ich kann singen.
Nicht rumbrummen.
Nein, ich kann laut singen und die Töne halten.
Aus voller Kehle. Textsicher.
Einfach so, meine Gefühle und Stimmungen ausdrücken.

Ich kann reden.
Nicht dumm daherquatschen.
Nein, ich kann meine Meinung sagen. Mich ausdrücken.

Kann zuhören. Sachlich bleiben.
Einfach so, meine Gefühle und Stimmungen ausdrücken.

Ich kann lachen.
Nicht rumalbern.
Nein, ich kann mich freuen. An kleinen Dingen.
Mich mit anderen freuen. Fröhlich sein.
Einfach so, meine Gefühle und Stimmungen ausdrücken.

Ich kann mich körperlich betätigen.
Nicht rumhampeln.
Nein, ich kann mich bewegen. Mich sportlich aktivieren.
Mich belasten. Mir etwas zumuten. Kann durchhalten.
Einfach so, meine Gefühle und Stimmungen ausdrücken.

Ich kann mir Gutes tun.
Nicht verpäppeln.
Nein, ich kann mich loben. Mich mal verwöhnen.
Mir kleine Freuden machen. Mich mögen.
Einfach so, meine Gefühle und Stimmungen ausdrücken.

Ich war von mir begeistert.
Und völlig überrascht.
In mir schlummern Talente,
die ich nie für möglich gehalten hätte.

Und nun sitze ich wieder in meinem Büro.
Der Alltag hat mich wieder.
Meine Sorgen. Meine Zwänge. Meine Fesseln.
Die Kur liegt erst zwei Wochen zurück.

Ich dachte, ich würde den Aufschwung mitnehmen.
Ich dachte, ich hätte alles verstanden.
Ich hoffte, dass ich stark geworden bin.
Ich war von mir begeistert.
Ich hatte mich neu entdeckt.
In mir schlummern Talente,
die ich nie für möglich gehalten hätte.

Jetzt fühle ich mich als totaler Versager.

LEIDER

Wer die Welt erkunden will,
sollte bedenken,
dass er kurz nach dem Aufbruch zu neuen Ufern
zuallererst die eigene Grenze passieren muss.

Leider kehren viele schon bei der Reiseplanung
bereits an diesem Punkt wieder um,
weil sie beim Weiterdenken merken,
dass sie sich in ihren Möglichkeiten
überschätzt haben,
und plötzlich von einer Fernangst
und Robinsonphobie
überrollt werden.
Alle Bremsen sind dann aktiv.
Gar mancher muss ernüchtert feststellen,
dass er überhaupt noch nicht innerlich bereit ist,
neue Wege zu gehen.
Die Siebenmeilenstiefel müssen wieder zurück in den Schrank.
Die zunächst verzückende Phantasie hat verrückt gespielt.
Der Abschminkkoffer muss umgehend
zur Hand genommen werden.

Der mutige Plan, endlich die Welt zu erkunden,
wird aufgeschoben und vertagt
und verschwindet wieder in der Schublade.
Manchmal für immer!

FINGERZEIGE

Führe deinen Finger,
anstatt ihn ständig auf andere zu zeigen,
an die Lippen.
Dann zeigt er gradewegs nach oben
und will sagen:
Denke genau nach, was Du sagen möchtest.
Das ist der wahre Fingerzeig!

IM SOG

Die Angst ist der rastlose Schrittmacher.
Sie schlägt den Takt.
Die Angst, nicht mehr als kompetent zu gelten.
Die Angst, den Anschluss zu verpassen.
Die Angst, nicht mehr dazu zugehören.
Die Angst, alleine gelassen zu werden.
Die Angst, nicht mehr wichtig zu sein.
Die Angst, nicht mithalten zu können.
Die Angst, aussortiert zu werden.
Die Angst, als schwach zu gelten.
Die Angst, anders zu sein.
Tempo. Tempo. Tempo.
Rasen. Rasen. Rasen.

Ausruhen muss warten.
Ausruhen ist Schwäche.
Ausruhen ist Verrat.

Wer nicht Schritt halten kann,
ist draußen.
Wer nicht Schritt halten kann,
hat verloren.
Wer nicht Schritt halten kann,
hat seine Chancen verspielt.
Wer nicht Schritt halten kann,
hat den Ernst der Lage nicht erkannt.

Tempo. Tempo. Tempo.
Die Peitschen knallen.
Die Schritte hallen.
Die Läufer fallen.

Im Ziel streifen sich die Ersten
bereits die neuen Startnummern über.

BLUTENDE NARBEN

Es sind die Bilder,
die im Kopf bleiben.
Für immer und farbentraurig.
Und mit ihnen
die üblen Gerüche,
die schmerzenden Schreie,
die blutgefrorene Starre,
die überflutenden Gefühle,
die gräuliche Fassungslosigkeit,
die schuldbeladene Gelähmtheit.
Vernarbte Narben vernarben nie.

SCHICKSAL

Er zog den Karren aus dem Dreck.
Nun ist er weg.
Er erfüllte seinen Zweck.
Als Mann für den Dreck.
Der Nächste bitte!

GLÜCKSKINDER

Manche Menschen
sind in einem beklagenswerten Zustand,
wenn sie nichts zu klagen haben.
Sie fühlen sich nur wohl,
wenn sie sich unwohl fühlen.
Sie fühlen sich glücklich,
wenn sie vom Pech verfolgt werden.
Sie stehen unter Strom,
wenn ihr Akku leer ist.
Das Vorhandensein einer Lösung
stellt sie vor eine unlösbare Aufgabe.
Sie mögen es,
wenn man sie nicht mag.
Es ist für sie ein großer Gewinn,
Verlierer zu sein.
Sie freuen sich,
wenn sie traurig sind.

Es macht sie krank,
sich gesund zu fühlen.
Wenn alles funktioniert,
gerät ihr Leben ins Stocken.

Sie sonnen sich im Schatten.

KOPFVOLLES

Mir gehen wieder viele Gedanken durch den Kopf.
Ich fühle mich stark. Voller Optimismus. Voller Hoffnung.
Ich bin beflügelt. Voller Energie. Voller Tatendrang.
Ich bin begeistert. Voller Ideen. Voller Neugier.
Wo ist der Knopf zum Einrasten?

Mir gehen wieder viele Gedanken durch den Kopf.
Ich fühle mich schwach.
Voller Pessimismus. Voller Hoffnungslosigkeit.
Ich bin gelähmt. Voller Leere. Voller Zweifel.
Ich bin bleiern. Voller Blockaden. Voller Angst.
Wo ist der Knopf zum Entrasten?

Mir geht schon wieder ein Gedanken durch den Kopf.
Bin ich der Knopf?

KLÄRUNG NÖTIG

„Alles klar!“
„Klar, alles!
„Alles, klar!“
„Alles klar!“

„Alles klar?
„Alles klar?“
„Alles klar?“
„Nie ist alles klar!““

GLAUBENSKRISE

Ich kann es nicht glauben,
dass du mir nicht glaubst.
Ich kann es nicht glauben,
dass du so von mir denkst.
Ich kann es nicht glauben,
dass du mich einfach übergehst.
Ich kann es nicht glauben,
dass du anderen mehr glaubst.
Ich kann es nicht glauben
dass andere dir wichtiger sind.
Ich kann es nicht glauben,
dass du anderen mehr vertraust.
Ich kann es nicht glauben,
dass du mich nur so wenig kennst.
Ich kann es nicht glauben,
dass unsere gemeinsame Zeit solche Spuren schuf.
Ich kann es nicht glauben,
dass du meinen Schmerz in Kauf nimmst.
Ich kann es nicht glauben,
dass du unsolidarisch bist.

Ich kann es nicht glauben,
dass du so illoyal bist.
Ich kann es nicht glauben,
dass ich dir wohl egal bin.
Ich kann es nicht glauben,
dass du mich im Stich lässt.

Ich glaube,
ich habe mich geirrt:
In dir.
Und deiner Liebe.
Ich glaube,
es ist etwas kaputt gegangen:
In mir.
Und meinem Vertrauen.

Ich kann es nicht glauben,
ich muss es aber wohl.

ZEICHENFOLGEN

In
stiller
Unaufhaltsamkeit
markiert
das Altern
sichtbar
seine Zeichen
und
erinnert
deutlich
spürbar
an
die Endlichkeit
und
die Vergänglichkeit.

AUFSCHREI

Schau nicht weg!
Sieh hin!
Die Erde ertrinkt im Blut.
Bald weint der Himmel nur noch rote Tränen.
Dein Haupt ist schandbefleckt, oh Mensch!

KAPITEL 7

Die Menschen träumen.
Von der Ferne.
Von der Zukunft.
Die Menschen sehen ihr Glück.
In der Ferne.
In der Zukunft.
Nähe und Gegenwart trauern.
„Die Menschen irren",
mahnen sie.
„Die Menschen irren!"

IRRITATION

ICH mache, was ICH will.
DU machst, was DU willst.
ER macht, was ER will.
SIE macht, was SIE will.
ES macht, was ES will.
WIR machen, was WIR wollen.
IHR macht, was IHR wollt.
SIE machen, was SIE wollen.

Aber:
Wer ist WIR,
wenn es für jeden Menschen nur noch ICH gibt?

FORMELHAFT

Nicht ICH! Nicht ICH! Die ANDEREN!
Nicht die ANDEREN! Nicht die ANDEREN! ICH!

Bekannte Lebensformel!?
Für Glück? Für Erfolg? Für Zufriedenheit?
Für Wohlbefinden? Für Partnerschaftlichkeit?

SELEKTION

Im Grauschleier
verbergen sich
geschickt getarnt
enge, klebrige Netze
und sperren
farbenfeindlich geknüpft
konsequent
buntes Leben aus.

VERBUNDEN

Schlechte Laune ist Ansichtssache.
Gute Laune ist Ansichtssache.
Ansichten machen Launen.
Launen machen Ansichten.
Launenansichten.
Ansichtslaunen.

ZEICHEN SETZEN

Mit geballter Faust
kann man nicht den kleinen Finger reichen.
Zum Öffnen braucht es ehrliches Vertrauen.
Einer geballten Faust
kann man den kleinen Finger reichen.
Beim Hinhalten hat man ehrliches Vertrauen.

WEITER SO

Ignoranz und Arroganz,
die siamesischen Zwillinge auf Erden,
wirken in der Hölle
als „Feuer und Flamme"
und heizen den Kalbtänzern
mächtig ein.

UNTER MENSCHEN

Feiergesellschaft.
Hier sitze ich nun herum.
Mittendrin im voll besetzten Raum.
Mitten zwischen alt bekannten und neuen Gesichtern.
Merkwürdig beschäftigten Gesichtern.

Mittendrin zwischen erwachsenen Kindern.
Unruhigen, hektischen Kindern.
Ein Sitzen. Ein Gehen. Ein Stehen.
Ein Verschwinden und zurückkehren.
Keine wahre Zeit für Miteinander.
Keine wahre Zeit für Kontakte.
Keine wahre Zeit für Gespräche.

Ich bin draußen.
Ich bin ein Außenseiter.
Ich bin ein Analogkontaktler.
Uninteressant. Langweilig.
Annschluss verpasst.
Auslaufmodell.
Ich bin out.
Off-Line.

Aber meine Hände bleiben frei.

VERWANDLUNG

Frohsinn
tropft bunten Honig
in die dunklen Räume
der tristen Vermaschung
und färbt Grauzonen
liebevoll und unbeirrt
zu heiteren Farbtupfern.

WIRKUNGEN

Ein zahnloser Mund entstellt den Redner.
Ein zahnloser Mund hat keinen Biss.
Ein zahnloser Mund hat nichts zu sagen.
Ein zahnloser Mund hat zu schweigen.
Ein zahnloser Mund kennt die Fäuste.

BESUCH

Du sitzt in der Stube.
Allein. Gedankenversunken. Traurig.
Es klopft.
Du erschrickst.
„Ich erwarte niemand!
Ich mache nicht auf!"
Es klopft.
Du hältst inne. Bist still.
Es klopft.
Es klopft.
Dann ist es ruhig.
Du sitzt in der Stube.
Allein. Ängstlich. Angespannt.

Das Glück steht jetzt vor einer anderen Tür.
Es klopft.
Die Tür geht auf.

Du sitzt in der Stube.
Allein. Ängstlich. Angespannt.
Unzufrieden. Vorwurfsvoll. Traurig.

SICHTWEISEN

Wenn der lang ersehnte Regen fällt,
freut sich die Natur.
Alle Blätter und Halme
strecken sich dürstend den Tropfen
entgegen
und rufen:
„Endlich! Endlich!
Süßer Regen verweile!“

Wenn der lang ersehnte Regen fällt,
murrt der Mensch.
Alle Gedanken und Blicke
richten sich vorwurfsvoll gen Himmel
und mahnen:
„Es reicht! Es reicht!
Wo bleibt nur die Sonne!“

MEHR DESSELBEN

Unten eine Erbse.
Darüber eine Vielzahl Matratzen.
Und ganz oben drauf
ein empörtes und glückliches Wesen,
das lauthals und unentwegt schreit:
„Es tut aber immer noch weh!"

GRENZERFAHRUNGEN

Ich breche zusammen.
Ich gehe kaputt.
Ich kann nicht mehr.
Meine Kräfte sind erschöpft.
Ich schaffe es nicht mehr.
Keine Zeit für Gefühle.
Für Trauer.
Für Freude.
Für Angst.
Für Wut.
Alles ein einziger Mix.
Alles totales Vielerlei.
Alles nebeneinanderher.

Alles unerledigt.
Alles Druck.
Alles Zwang.
Alles Fremderwartung.
Wo bleibe ich?

Ich brauche Zeit.
Zeit für jedes Gefühl.
Zeit für jede Verarbeitung.
Zeit für jede Versöhnung.
Zeit für jedes Abhaken.
Zeit für mich.
Zeit für Grenzen.
Zeit für Abschotten.
Zeit für Regeneration.

Ich habe Angst.
Angst davor, dass es nicht aufhört.
Angst davor, dass die Erwartungen bleiben.
Angst davor, dass mir keine Pause vergönnt ist.
Angst davor, dass die Verantwortungen bleiben.
Angst davor, dass mich niemand versteht.
Angst davor, dass ich allein gelassen bleibe.

Ich will nicht mehr.
Punkt. Aus. Ende.
Schranke runter.

BLOCKADE

Ich sehe, wie du dich quälst.
Ich sehe dich sprechen,
höre dich nicht.
Du sprichst,
aber du hast den Ton abgestellt.
Ich sehe dich stehen,
aber du stehst nicht aufrecht.
Du punktierst die Erde
in dir aufgerollt.
Du sehnst dich nach Kontakt,
aber man sieht und hört dich nicht
so, wie du es erhoffst.
Du fürchtest die Geringschätzung,
die du selbst aus Angst produzierst.
Ich höre dich sprechen,
erahne bloß,
was du sagst.
Du versteckst dich hinter Tempo
und Undeutlichkeit.
Ich höre dich sprechen,
aber ich höre nur Entschuldigungen
und Rechtfertigungen,
die das Wesentliche verstellen,
das du zu sagen hast.
Ich erahne zu sehen,
dass du dich in dieser Welt nicht geborgen fühlst.

Ich sehe, wie du dich quälst.
Ich wünsche dir,
dass es auch für dich einen Planeten gibt,
auf dem du laut und breit aufgefächert
zu hören und zu sehen bist.
In ganzer Größe.
Nicht großartig, sondern großmutig.
Stimmig und neu-planetiert.

INNENLEBEN

Der Gedanke ist mir unerträglich,
dass ich gesund bin.
Ich habe Angst,
ohne meine Beschwerden und Klagen
keine Themen zu haben
und nicht mehr beachtet zu werden.

Der Gedanke ist mir unerträglich,
dass ich normal bin.
Ich habe Angst,
ohne mein gezeigtes Anderssein
im Denken, Fühlen und Verhalten
in der Menge unterzutauchen.

Der Gedanke ist mir unerträglich,
dass ich gemocht werde.
Ich habe Angst,
ohne die Überzeugung,

von allen und überall abgelehnt zu werden,
in Zugzwang zu geraten
und lieb und freundlich sein zu müssen.

Der Gedanke ist mir unerträglich,
dass ich über mein Leben selbst entscheiden kann.
Ich habe Angst,
ohne meine formulierten Einschränkungen
und ohne meine Bedenken
und meine Zweifel mit meinen Versuchen zu scheitern.

Der Gedanke ist mir unerträglich,
dass ich gelobt werde.
Ich habe Angst,
dass ich ohne meine Schwächen und Defizite
die Erwartungen der anderen an mich
und meine Fähigkeiten enttäusche.

Der Gedanke ist mir unerträglich,
dass ich fröhlich und zufrieden bin.
Ich habe Angst,
ohne gedrückte Stimmung, Pessimismus und Freudlosigkeit
den Kontakten mit anderen nicht gewachsen zu sein.

Der Gedanke ist mir unerträglich,
dass ich verstanden werde.
Ich habe Angst,
dass ich dann die einfachen Antworten
der anderen auf meine Fragen
und die vorgeschlagenen Lösungen
für meine Probleme umsetzen muss.

Der Gedanke ist mir unerträglich,
dass ich jahrelang einer irrigen Meinung
über mich und die Welt war.
Ich habe Angst,
ohne die Schwarzmalerei heftige Selbstanklagen zu entwickeln
und mir Versäumnisse und Passivität vorwerfen zu müssen.

Der Gedanke ist mir unerträglich,
dass ich mit meinem negativen Denken nicht recht habe.
Ich habe Angst,
ohne meine negativen Sichtweisen und Bewertungen
einen neuen Sinn des Lebens entdecken zu müssen.

Der Gedanke ist mir unerträglich,
dass ich meinem anderen ICH begegne.
Ich habe Angst,
mich in der Beziehung mit ihm
endlich als vollwertiger Mensch
und mit mir im Reinen und stimmig zu fühlen.

WENN LAMPEN FIEBERN

Warum regst du dich auf?
Was soll das?
Was kann schon passieren?
Du hast dich vorbereitet.
Du hast alles getan,
was aus deiner Sicht wichtig und nötig ist.
Sicher nicht zu wenig.
Eher zu viel.
Du kennst die Situation.
Anderen geht es bestimmt genau wie dir.
Die sind auch nur Menschen.
Die kochen auch nur mit Wasser.

Und du?
Du doch auch, oder?
Auch du hast doch immer dieses Unbehagen,
dieses weltbekannte Lampenfieber.
Dieses flaue Gefühl im Magen.
Diesen lastenden Druck auf der Brust.
Diese quälende Unruhe von Geist und Seele,
wegen der du plötzlich dich und alles infrage stellst.
Auch du kennst das doch, oder?

Und weiter!
Du darfst nicht einfach so tun,
als würde dir das Leben übel mitspielen!
Nein, du warst doch derjenige,.
Du wolltest dich doch stellen.
Du wolltest doch hingehen.
Du, Du, Du!
Überlege, was damals deine Beweggründe waren.
Deine Hoffnungen und Ziele.
Dein Gewinn, den du dir versprichst,
wenn du dich darauf einlässt.

Und weiter!
Du darfst nicht einfach schwarzsehen.
Du selbst hattest es dir zugetraut,
weil du in solchen Dingen schon positive Erfahrungen
gemacht hattest.
Ja, du hattest bereits einschlägige Erfolge.
Die hatten dich motiviert,
dich auf diese aufwühlende Situation einzulassen, oder?
Die hatten dich neugierig gemacht, oder?
Die hatten für einen spürbaren Kick in dir gesorgt, oder?
Für Glückshormone. Oder?
Die hatten doch bewirkt,
dass du plötzlich Kraft in dir gespürt hast, oder?
Die hatten doch zur Folge, dass du von wunderbaren
Träumen und Phantasien erfüllt warst, oder?

Und weiter!
Natürlich möchtest du jetzt am liebsten alles abblasen.
Natürlich sorgst du dich, dass du vor Aufregung scheiterst.
Natürlich sind das völlig normale, belastende Gedanken.
Natürlich sollst du dir dieses Kopfkino nicht ausreden.
Nein, es ist normal und gehört dazu.

Und weiter!
Natürlich weißt du, dass alle Probleme
plötzlich wie weggefegt sind,
wenn du in der Situation bist.
Wenn du angefangen hast zu reden.
Wenn du angefangen hast, dich zu zeigen.
Natürlich trägst du genau diese Erfahrung in dir,
dass dann alles fast wie automatisch abläuft;
und du Sekunde um Sekunde sicherer wirst.

Und weiter!
Ja, und dann ist es geschafft.
Was wirst du machen?
Na, das, das du und alle anderen immer machen:
Du wirst nicht mehr verstehen,
warum du dich vorher so aufgeregt hast.
Denn plötzlich wird dir klar sein,
dass natürlich alles klappen musste
und alle vorangegangenen Bedenken
völlig überflüssig waren.

„Wie konnte ich nur an meinem Erfolg zweifeln?“,
wirst du dich mit Sicherheit
erleichtert und überheblich fragen
und alle negativen Vorabgedanken
souverän mit einem Handstreich wegwischen
und in die Tonne klopfen.
Natürlich wirst du dir vornehmen,
dass du fortan im Vorfeld
nie mehr solche dummen Gedanken haben wirst.
Von jetzt an sollen bessere Sichtweisen her.
Nie mehr Aufregung, nie mehr Angst, nie mehr Panik.
Natürlich, natürlich, natürlich.

Schön, dass du im Falle des Falles daran denken willst.
Dann nämlich, wenn du dich wieder fragst:

Warum regst du dich auf?
Was soll das?

HILFERUF

BlaBlaBla.
Tratsch. Tratsch. Tratsch.
Lästern. Lästern. Lästern.
Hohl. Hohl. Hohl.
Verstellt. Verstellt. Verstellt.

Meine Ohren brennen!
Meine Zunge streikt!
Meine Lippen krampfen!
Mein Gehirn schmerzt!
Ich dörre aus.

Wo ist der Mensch,
mit dem ich mich
offen, ehrlich und bereichernd
unterhalten kann?

Mensch, bitte melde dich!

NOCH MEHR

Du lachst zwar nicht.
Du weinst zwar nicht.
Du zürnst zwar nicht.
Du ängstigst dich zwar nicht.
Zwar zeigst du kein Gefühl.
Zwar hältst du dich zurück.
Zwar trägst du deine Maske.
Zwar wahrst du dein Gesicht.

Du spürst aber den Druck.
Du kennst aber die Angst.
Du blockst aber den Zwiespalt.
Du kämpfst aber gegen Verstand und Gefühl.

Die Riegel schließen fest.
Du bist gefangen in dir.
In dir tobt die Hölle.
Die Fassade bröckelt.

Und nun?
Du verriegelst die Riegel.
Du mauerst mehr Mauer.
Du tötest dich ab.

WEGGEFÄHRTEN

Zwei Menschen unterwegs auf dem Lebensweg.
Der eine weist hin.
„Achtung, pass auf, da vorne ist eine Wand!"
Der andere weist ab.
„Halt dich da raus, das geht dich nichts an,
das ist meine Sache!"

Zwei Menschen unterwegs auf dem Lebensweg.
Der Eine schweigt. Er soll es auch.
Der Andere kracht gegen die Wand und nimmt Schaden.
„Du bist dran schuld, dass mir das passiert ist!
Du hast es doch gewusst!",
schreit er vorwurfsvoll.
„Du hättest mich davon abbringen müssen!"

Zwei Menschen unterwegs auf dem Lebensweg.
Und auch die Wand läuft mit.

BOTSCHAFTEN

Früher gab es Seher.
Sie erkannten die Zeichen.
Sie wussten sie zu lesen.
Sie konnten sie deuten
und aus den Botschaften
die Richtungen ableiten.

Sie galten als weise, begnadete Menschen.
Ihr Urteil zählte.
Ihr Rat war begehrt.

Heute gibt es noch immer die Zeichen.
Doch wo sind die Seher?
Die mutigen, sehenden Seher haben es schwer.
Ehrliche Seher gelten
als pessimistische Zeitgenossen.
Als Störenfriede.
Als Schwarzmaler.
Ihr Urteil wird angezweifelt.
Ihr Rat wird verschmäht.
Ihre Botschaft verhallt.
Niemand möchte von ihnen noch etwas hören.
Niemand möchte von ihnen noch etwas annehmen.
Seher ist ein aussterbender Stand.
Der Wegseher gewinnt an Bedeutung.

Kassandra schaut herab und weint.
Der Mensch verlernt die Zeichensprache.

ZUSAMMENHÄNGE

Beliebigkeit führt zu Anarchie.
Jeder macht das, was er will
und für richtig erachtet.

Anarchie führt zu Diktatur:
Die Stärkeren bestimmen das,
was die anderen machen
und als richtig ansehen müssen.

Beliebigkeit führt zu Diktatur.
Jeder spürt, dass endlich
wieder nur einer das Sagen haben muss,
wo es lang geht,
damit endlich jeder weiß,
was er tun muss,
damit es richtig ist.

Beliebigkeit kündigt Unbeliebigkeit an.
Beliebigkeit gaukelt Freiheit vor.
Freiheit, die sie zerstört.
Beliebigkeit und Freiheit sind von Grund auf anderes.
Freiheit ist nie beliebig.
Beliebigkeit macht niemals frei.

VERZWICKT

Wenn du redest,
führe ich Selbstgespräche.
Wenn ich rede,
hörst du nicht zu.

LEKTÜRE

Und schon wieder
halte ich das Buch in der Hand,
schaue nur Buchstaben,
denn meine Gedanken
lesen in einem anderen Drehbuch.

KAPITEL 8

Als er ihr zum ersten Mal begegnete, war ihm sofort klar, dass es kein zweites Mal geben würde. Ihr ging es übrigens auch so.

SUCHMASCHINE

Dieses Gesicht!
Ich kenne es.
Irgendwie kommt es mir bekannt vor.
Ich habe es schon einmal gesehen.
Genau dieses Gesicht.
Genau diesem Menschen bin ich begegnet.
Aber wann?
Aber wo?
Meine Gedanken beginnen zu kreisen.
Ich tauche ein in den Sog der Erinnerungen.
Ich öffne die Kartons mit den Erlebnisablagen.

Woher kenne ich dieses Gesicht?
Ich finde plötzlich keine Ruhe mehr.
Ablenkung ist Illusion.
Ich frage alte Zeiten ab.
Orte und Personen.
Irgendwoher muss ich dieses Gesicht doch kennen!
Ich weiß es genau!

Diese Gewissheit quält,
denn Antworten fehlen.
Aber noch keine Auflösung auf die bohrenden Fragen.
Ich bin merklich angespannt und unzufrieden.
Ich muss und will es wissen.
Das steht fest.
Woher kenne ich dieses Gesicht?

Ich bin ärgerlich auf mich.
Hätte ich doch vorhin nicht hingeschaut!
Dann hätte ich jetzt meine Ruhe.
Aber vielleicht täusche ich mich ja.
Vielleicht sieht das Gesicht nur einem anderen ähnlich.
Aber genau welchem?

Ich beiße mich fest.
Das kann doch nicht wahr sein!
Das Gesicht kenne ich doch.
Woher? Wo? Wann?
Ich bin mitten im Sog.

Ich sage STOPP!
Diese Karussellfahrt muss enden.
Seele und Geist drängen auf eine Klärung.
Ich muss in Ruhe nachdenken.
Gezielt. Unaufgeregt.
Ich werde das Gesicht schon zuordnen können.
Ich will es endlich wissen.

Ich sortiere.
Kontakt. Beruflich? Privat?
Situation. Angenehm? Unangenehm?
Miteinander. Allein? Mit anderen?
Umgebung. Vertraut? Fremd?
Die Suchmaschine rattert.

Ich spüre, dass es in mir wühlt
und sich der Nebel lichtet.
Ich bin nah dran.
Es liegt mir auf der Zunge.
Und plötzlich steht der Mensch direkt vor mir.

Na klar. Jetzt weiß ich es genau.
Sommerurlaub Kreta.
Flugzeug.
Sitzplatz neben mir.
Angenehme Unterhaltung.
Unterbringung im Nachbarort.
Ja, das war er.
Ja, das war das Gesicht.
So sieht man sich wieder.
Unerwartet. Unverhofft.
Oder täusche ich mich doch?

Ich drehe mich erleichtert um.
Der Miturlauber hat auf einer Bank Platz genommen.
Er scheint zu grübeln.
Vielleicht kann ich ihm helfen.

AUFGABE

Ich warte.
Ich warte.
Ich warte.
Worauf eigentlich?
Auf Godot?
Nein.
Ich warte darauf,
endlich mit dem Warten aufzuhören.

AUFLÖSUNG

Ich höre dich schon von draußen.
Du schreist ganz laut: „Du, Du, Du!".
Ich bin ganz erschrocken.
Ich trete ein.
Ich sehe deinen Zeigefinger.
Er deutet unmissverständlich
gnadenlos nach vorn:
„Du, Du, Du!"
Ich bin verstört.
Ich habe ein schlechtes Gefühl.
Ich gehe zu Dir.
Ich bin erleichtert.
Denn ich sehe:

Du stehst vor dem Spiegel
und bist völlig aufgelöst.
Ich bin ganz aufgeregt.
Ich nehme Dich in den Arm.
„Lass uns reden."

NOTSTAND

Ungeweinte Tränen.
Lichtlose Schatten.
Gefrostete Gefühle.
Unaussprechbare Verletzungen.
Unentwegte Bevormundung.
Unlebendiges Leben.
Ungehörte Hilferufe.

Meine Seele
vertrocknet.
Verdunkelt.
Verkümmert.
Blutet aus.
Vergiftet.
Stumpft ab.
Vertaubt.

Seelennotstand.
Schrumpfseele.
Lebendtod.

MONO-DIALOGE

Ich erzähle dir etwas,
und du sprichst gleich von dir.
Ich frage dich etwas,
und du sprichst gleich von dir.
Du sagst mir etwas,
und sprichst dabei von dir.
Du fragst mich etwas,
und sprichst dabei von dir.
Ich sage dir nichts,
und du sprichst gleich von dir.
Ich frage dich nichts,
und du sprichst gleich von dir.
Du sagst mir nie nichts,
denn du sprichst gern von dir.
Du fragst mich nie nichts,
denn du sprichst gern von dir.

Fortan schließe ich Mund und Ohren:
Ich habe keine Lust mehr,
dein Stichwortgeber zu sein.

NICHT DER REDE WERT

Er redete und redete und redete.
Wenn er aufgehört hatte zu reden,
war es niemandem der Rede wert,
darüber zu reden,
worüber er geredet hatte.

AUSWURZELUNG

Irgendwie gehöre ich nicht dazu.
Ich habe andere Themen.
Mich beschäftigen andere Fragen.
Ich suche nach anderen Antworten.
Ich fühle mich in Scheinharmonie unwohl.
Ich hasse Verlogenheit.

Irgendwie gehöre ich nicht dazu.
Ich spüre Druck.
Ich vermisse Vertrauen.
Ich finde keine Offenheit.
Ich bemerke Schuldzuweisungen.
Ich stoße auf Ablehnung.

Irgendwie gehöre ich nicht dazu.
Ich bin anders.
Ich fühle anders.
Ich denke anders.
Ich gehe auf Distanz.
Ich bin draußen.

Irgendwie gehöre ich nicht dazu.
Das ist nicht meine Welt.
Das ist nicht mein Leben.
Das ist nicht meine Zukunft.
Das ist zwar meine Familie,
das ist aber auch meine Entscheidung.

LEHRPLAN

Schweigen,
flüstern und
zuhören können
gehören in das Curriculum
des Lebens,
denn sie kommen
den Menschen
immer mehr abhanden.

NOTFALL

Luft, geschwängert von Hass, Gier und Neid,
verätzt, vergiftet, verseucht, zerstört.
Jeder Atemzug: ein unsichtbares Martyrium.
Jeder Atemzug: ein Pressen gegen Widerstände
Jeder Atemzug: ein ermüdender Zwiespalt.
Bittender Blick zum Himmel:
„Herr, schicke Liebe,
mir fehlt die Luft zum Leben!"

HOHE KUNST

Er ist ein gefragter Künstler.
Ein unbestrittenes Genie in seinem Fach.
Aus aller Welt strömen die Kunden.
Transkontinental.
Transkulturell.
Transreligiös.
Transmateriell.
Transsozial.
Die Auftragsbücher quellen über.
Er arbeitet bei Tag und Nacht.
Die Nachfrage bleibt dennoch ungestillt,
denn groß ist überall das Verlangen nach dem Produkt.
Es wird ihm förmlich aus der Hand gerissen.
Gar manchem ist es wohl lebensnotwendig.
Er fühlt sich ohne es nicht mehr so sicher.

Er ist geschickt.
Er ist flexibel
und voller Phantasie.
Er bietet sein Produkt in vielen Arten an.
Für jeden Anlass, jeden Kunden ganz speziell.
Ganz frisch und als Konserve.
In großer und in kleiner Menge.
Er ist eben ein gefragter Künstler.
Ein unbestrittenes Genie in seinem Fach.

Er fertigt sein Produkt mit Schliff,
und sein Produkt sind Sprechblasen.

HINWEIS

Verdrehe nicht die Augen,
wenn ich mit dir rede.
Verschließe nicht die Ohren,
wenn ich dir etwas zu sagen habe.
Gehe nicht weg,
wenn ich noch am Sprechen bin.
Bleibe ganz nahe bei mir,
denn ich bin noch nicht mit dir fertig.
Mein letztes Wort ist bald gesprochen.

SOUVERÄN

Er hat den unverstellten Überblick.
Er steht hoch über den Dingen.
Er hat den ungetrübten Weitblick.
Er sieht alles mit nötigem Abstand.
Aber nur, wenn er Zuhause ist.
In seiner Wohnung
im dreiundzwanzigsten Stockwerk.

FOLGEN

Sie stakst mühsam und beschwerlich
auf zwei Krücken daher.
Vierbeinig.
Elendig langsam.
Jeder Schritt mühsam.
Das enorme Übergewicht lastet
und schränkt ein.
Diktiert den Takt.
Setzt unbarmherzig Grenzen.
Mit 80 Kilogramm weniger
würde es sicher besser gehen.
Der unruhige Blick müsste nicht
ständig nach Ruhebänken
Ausschau halten.
Sie könnte endlich
in der Anonymität verschwinden.

ZUKUNFT

Junges,
hübsches Mädchen.
Beide Oberschenkel
tätowiert.
Hinten.
Fast bis zu den Kniekehlen.
Da zwei Bäume.
Dort ein Rosengestrüpp.
Sehr individuell.
Sehr außergewöhnlich.
Das Mädchen
wird zeitlebens
Stichwortgeber sein
und für Gesprächsstoff sorgen.
Rosige Aussichten?
Dornenrosige Aussichten?

UNGLEICH GLEICH

„Ich bin fertig."
„Ich bin fertig"

„Ich bin fertig."
„Ich bin fix und fertig."

„Ich bin froh und munter."
„Ich bin müde und niedergeschlagen."

Zwei fix-fertige Menschen.
Zwei fix-fertige Zustände.

„Ich bin fix und gleich fertig."
„Ich bin gleich fix und fertig."

TAGEWERK

Mit der Dunkelheit
hellt sich die Stimmung auf,
denn der Tag
hört endlich auf zu fordern.

Doch die Nacht
ist zu kurz,
um die gequälte Seele zu stärken
und Mut und Hoffnung aufzubauen.

Und mit der Helligkeit
kommen sie wieder.
Die peinigenden Ängste
und die verzweifelte Suche
nach Schutzräumen.
Ihr elendiges Martern
verzehrt gnadenlos
die Energien.
Die schwarzen Grübelkreise
spuren tief.

Und dann ist es wieder dunkel.
Und dann ist es wieder hell.
Im Lebenskäfig vegetiert es.
Freudlos.
Lieblos.
Leblos.
Endlos.

BESTANDSAUFNAHME

Immer mehr Menschen
geraten außer Kontrolle.
Außer Rand und Band.
Messlatten haben sich verbogen
Messbänder haben sich verzogen.
Das Maß ist maßlos voll.
Alles unermesslich schrecklich.

EISZEIT

Es ist kalt in der Welt.
Verspannte Menschen
hetzen aneinander vorbei.
Keine Zeit für Kontakte.
Schnell, schnell, schnell.
Alles voller Stress.
Am besten gar nicht erst
aus dem Haus gehen.
Es ist Winter.

Es ist kalt in der Welt.
Verspannte Menschen
hetzen aneinander vorbei.
Keine Zeit für Kontakte.
Schnell, schnell, schnell.
Alles voller Stress.
Am besten gar nicht erst
aus dem Haus gehen
Es ist Sommer.

KENNZEICHEN

Du fühlst dich rund
mit deinen Ecken und Kanten.
Du spürst dich
in deiner Einzigartigkeit.
Du reibst dich
mit deiner Form und deiner Art.
Du freust dich
über deinen Wiedererkennungswert.
Du bist du.
Du bist griffig.
Unfassbar fassbar!
Unverkennbar erkennbar!
Unvorstellbar vorstellbar!
Unbeschreiblich beschreibbar.
Du bist du!

UNORIENTIERT

Nebulös.
Benebelt.
Vernebelt.
Nebelverhangen.
Nebelschwaden
Nebelschleier.
Nebelwand.
Nebelangst.

Suchen.
Tasten.
Stochern.
Ohne Orientierung
in Zeit und Raum.
Zeitangst.
Raumangst.
Panik.

KLÄNGE

Du bist Dur.
Ich voll in Moll.
Gib du den Ton an.
Sei mein Komponist.

ROTER APFEL

Ich fand ihn attraktiv.
Ich fand ihn anziehend.
Ich malte mir vieles aus.
Ich war neugierig.
Ich war kontaktbereit.
Ich näherte mich unauffällig.
Unsere Blicke trafen sich.
Ich war elektrisiert.

Doch dann machte er den Mund auf,
und alles war wie weggeblasen.

SELBSTGESPRÄCHE

Du suhlst dich im Selbstmitleid.
Wälzt dich. Quälst dich. Verklebst dich.
Du suhlst dich in der Opferrolle.
Krümmst dich. Verkrampfst dich. Beklagst dich.
Immer und überall lauern deine Täter.
Sie wollen dir schaden.
Nur dir. Alles und alle nur gegen dich.
Schändliche, ungerechte Welt
voller verwerflicher Gemeinheiten.
Deine Gedankenwelt vergiftet
durch die rasenden, schwarzen Kreise.

Dein zittriger, markiger Zeigefinger
hört nicht auf zu schimpfen.
Er drückt. Er deutet. Er klopft. Er kratzt.
Und das Grübel-Moor blubbert.
Es saugt. Es zieht. Es giert. Es verschlingt.
Es frohlockt mit teuflischem Grinsen.
Denn dein Selbstmitleid ist bodenlos
und kennt kein Erbarmen.
Die nicht enden wollende Flut haltloser Gedanken
rauben dir den Horizont und
verwässern dein Sein.

Wache auf und
stelle dich auf einen großen Stein.
Du weißt es selbst:
Sofort gewinnst du neue Perspektiven,
und plötzlich sieht die Welt ganz anders aus.

ERKENNTNIS

Ohne dich ist das Leben unerträglich.
Ich bin nicht Ich.
Du bist nicht Du.
Mit dir ist das Leben unerträglich.
Ich bin nicht Ich.
Du bist nicht Du.
Wie, wann, wo kommt endlich das WIR?

ZWEIFELLOS

Schau nach vorne!
Siehst du die Gabelung des Weges?
Siehst du die Kreuzung,
die die Richtungen weist?
Siehst du die engen und weiten Pfade?
Siehst du die Anstiege hier
und die Gefälle der verschiedenen Wege dort?
Siehst du die Holprigkeit der einen
und die Ebenheit der anderen Bahnen?
Siehst du die Wege mit ganz offenem Horizont
und die, die sich rasch
nach der Kreuzung ins Unvorhersehbare zweigen?
Siehst du zum einen die dicht bevölkerten
und zum anderen die fast menschenleeren,
sehr verwaisten Wege?
Dann weißt du,
dass du bald vor einer wichtigen Entscheidung stehst.
Dann ahnst du,
dass dein weiterer Weg auf dem Spiel steht.
Dein Weg.
Deine Richtung.
Dein Ziel.
Deine Zukunft.
Dein Leben.

KAPITEL 9

„Welch eine verrückte Welt!
Es gibt Hähne,
die wissen nicht,
dass es Hühner gibt.
Und Hühner,
die wissen nicht
dass es Hähne gibt",
sinnierte der alte Mann.
„Und es gibt Menschen,
die wissen nicht,
dass es Krieger gibt",
antwortete der weise Mann.

TRAGISCH

So wird er gesehen.

Hart und fest.
Wie ein Fels.
Stark und kräftig.
Wie eine Lokomotive.
Unermüdbar und energiegeladen.
Wie eine Batterie.
Zuverlässig und sorgfältig.
Wie ein Uhrwerk.
Lustig und fröhlich.
Wie ein Clown.
Belastbar und biegsam.
Wie ein Netz.
Uneigennützig und verständnisvoll.
Wie eine Jokerkarte.

So wird er gesehen.
Und so wird er benutzt.
Immer und überall.
Von jedem.

Denn die Maskenbildner und Kulissenwerker
haben bei ihm ganze Arbeit geleistet.
In seinen verzweifelten Phantasien
spielt er in einer anderen Liga.
Ohne Kulisse. Ohne Kostüm.
Ohne Schminke.
Ohne Theater.

ANSTEHENDES

Nimm dir Zeit.
Höre zu.
Wäge ab.
Sprich ehrlich.
Habe Vertrauen.
Gehe zu.
Sei großzügig.
Reiche die Hand.
Sei Mensch.
Umarme.

Auch dir tut es gut,
dich selbst zu mögen,
dich in den Arm zu nehmen,
dich zu drücken
und deine Einzigartigkeit zu spüren,
dir selbst endlich zuzuhören und
dir liebe Worte zu sagen.
Ohne Angst.
Ohne Vorbehalt.
Ohne Schuldgefühl.
Einfach so.
Es ist Zeit.

UN…

Unzeit.
Unwort.
Unmensch.

Ungefühl?
Unhaltung?
Ungeruch?
Unbewegung?
Ungeschmack?
Unmeinung?
Unmann?
Unfrau?
Unkind?
Unhaus?
Unberuf?
Unurlaub?

Unsprache!?
Un…?

RUMMELPLATZ 1

In der Lostrommel des Lebens
warten viele Nieten.
Einige heißen
Ratlos. Haltlos. Machtlos.
Ahnungslos. Sinnlos. Leblos.
Achtlos. Lieblos. Herzlos.
Ziellos. Kraftlos. Freudlos.
Sie fallen zuhauf jedem in die Hände,
der am Spiel des Lebens teilnimmt.
Man muss sie zerknüllen und entsorgen,
denn die Gewinnlose sind noch im Topf.
Nur Mut!
Los, Los, los!

SIAMESISCHES

Reden. Reden.
Nichts als reden.
Handeln. Handeln.
Nichts als handeln.
Reden. Handeln.
Handeln. Reden.
Nichts ohne beides.
Ohne beides nichts.

ICHER

Erst benutzen sie dich
und saugen dich aus.
Dann werfen sie dich weg.
Denn sie sind hochnäsig,
rücksichtslos und undankbar.
Sie kennen nur ihren eigenen Vorteil.
Partnerschaftliche Verträge sind ihnen fremd.
Setzt man ihnen Grenzen,
bedienen sie sich anderswo.
Sie nutzen einen anderen aus.
Auch an ihm saugen sie gierig.
Bald wird auch er uninteressant,
und sie wenden sich von ihm ab.
Sie kennen nur ihren eigenen Vorteil.
Denn sie sind hochnäsig, rücksichtslos
und undankbar.
Und irgendwann kommen sie wieder zu dir zurück
und wollen nun auch noch deine Hülle.
Sie wollen alles von dir.
Denn sie kennen nur ihren eigenen Vorteil.

Und du?
Du bist allein gelassen
und froh, dass sie wiederkommen.
Oder doch nicht?

LEBENSENTWÜRFE

Früher galt es zu unterscheiden
zwischen Traum und Wirklichkeit.
Man war Träumer. Oder Realist.
Mal dies und mal das.
Man konnte sich selbst entscheiden.
Ganz nach Laune und Lust.
Ganz nach Notwendigkeit und Aufgabe.
Man stand immer
mit beiden Füßen auf dem Boden.

Heute muss man unterscheiden
zwischen Traum und vielen Wirklichkeiten.
Man ist Träumer. Oder Realist.
Oder Anhänger. Oder Fanatiker.
Oder Ignorant. Oder Resignierter.
Oder Ratloser. Oder Überforderter.
Man kann sich noch selbst entscheiden,
aber immer mit einem unguten Gefühl.
Falsch zu liegen. Dumm zu sein.
Uninformiert. Voreingenommen.
Von gestern. Von einem anderen Stern.
Die Welt erscheint bedrohlich.
Sie hat ihre Struktur verloren.
Ihre Unbeschwertheit.
Ihre Berechenbarkeit.

Ihre Geborgenheit.
Ihre Verspieltheit.
Ihre Friedlichkeit.
Ihre Fröhlichkeit.
Ihre Farben.

Die Konfrontation mit allen erdenklichen Farbtönen
erschwert den Durchblick und Überblick.
Jede Farbnuance beansprucht absolute Wahrheit.
Unzweifelhafte Glaubwürdigkeit.
Jede Farbnuance reklamiert Herrschaftsanspruch.
Unhinterfragbare Solidarität.
Jede Farbnuance liefert stichhaltige Rechtfertigungen.
Unumstößliche Beweise.
Jede Farbnuance bezichtigt anderes als Fälschung und Lüge.
Uneingeschränkte Gültigkeit.
Jede Farbnuance verurteilt andere eigene Farbgestaltung.
Unverrückbare Drohungen.
Man hat den Boden
unter den Füßen verloren.

Die Rückkehr von Traum und Wirklichkeit
ist ein Wunschtraum geworden.
Die Ausweitung von Traum und Wirklichkeiten
ist ein Alptraum.
Das Verbot von Träumen
ist ein neues Wirklichkeitsprojekt.
Die flutende Ausweitung von Wirklichkeiten
ist ein Traumprojekt.
Für die einen eben.

SCHRECKEN

Ein mächtiges Gift treibt durch die Luft.
Es ist nicht zu sehen.
Es ist nicht zu hören.
Es ist nicht zu riechen.
Es ist nicht zu greifen.
Es ist nur zu spüren.

Ein mächtiges Gift treibt durch die Luft.
Es wuchert und nährt.
Hass. Neid. Gier.
Es wuchert und tötet.
Liebe. Demut. Dankbarkeit.

Ein mächtiges Gift treibt durch die Luft.
Es ist nicht zu sehen.
Es ist nicht zu hören.
Es ist nicht zu riechen.
Es ist nicht zu greifen.
Es ist nur zu spüren.

Ein mächtiges Gift treibt durch die Luft.
Es wuchert und nährt.
Krieg. Zerstörung. Tod.
Es wuchert und tötet.
Vertrauen. Zuversicht. Hoffnung.

WETTLAUF

Schnell, schnell, schnell.
Voran, voran, voran.
Sie sind hinter dir her.
Sie hetzen. Sie greifen.
Sie wollen dich.
Und das ganz und gar.
Dich und deine Zeit.
Dich und deine Kraft.
Dich und dein Können.
Dich und dein Leben.
Du hast alles gegeben.
Meist bis an die Obergrenze.
Nun kannst du nicht mehr.
Du bist müde und geschafft.
Du bist außer Atem.
Du bist am Ende.
Mit deinen Kräften.
Mit deiner Zuversicht.
Mit deiner Hoffnung.
Mit deinem Glauben.
Alles hat zu sehr gelitten.
Der Kampf dauert schon zu lange.
Und kein Ende in Sicht.
Schneller, schneller, schneller.
Noch schneller, noch schneller, noch schneller.
Die ganze Horde verfolgt dich.

Bei Tag und Nacht.
Im Wachen und Schlafen.
Sie gönnen dir kein Verschnaufen.
Sie fordern. Sie drohen. Sie strafen.
Sie sind übermächtig viele.
Und werden immer mehr.
Tag für Tag.
Sie überrollen alles.
Unaufhaltsam. Ungnädig. Zynisch.
Ganz vorne eifern
Hektik, Neid, Eifersucht,
Konkurrenz, Leistungsdruck, Häme,
Tadel, Kälte, Unersättlichkeit,
Krankheit, Burnout, Sinnleere.
Sie grinsen schon.
Sie haben Geduld.
Sie haben Ausdauer.
Sie haben Macht.
Sie sind sich siegessicher.
Schneller, schneller, schneller.
Du siehst schon deine Ziellinie vor Augen.
Nur noch wenige Schritte.
Du hast es gleich geschafft.
Dein Zielband ist zerrissen.
Du bist angekommen.
Du kannst durchatmen.

Du kannst dich freuen.
Du kannst erleichtert sein.
Dein Kampf hat sich gelohnt.
Du bist ihnen wirklich entkommen.
Dein Schlachtplan ist aufgegangen.
Nie mehr können sie dir etwas antun.
Du hast sie endgültig hinter dir gelassen.
Alle und für immer und ewig.
Du bist in Sicherheit.
Du bist geborgen.
Du bist am Ziel.
Endlich tot.
Endlich frei.

GRAUEN

Die Erde grau.
Der Himmel grau.
Die Menschen grau
Grausam.

ERKLÄRUNGSNOTSTAND

Ich höre dich,
aber ich erkenne dich nicht aufgrund deines Tuns.
Ich sehe dich,
aber ich erkenne dich nicht aufgrund deiner Worte.
Ich fasse dich,
aber ich erkenne dich nicht aufgrund deiner Gefühle.
Ich rieche dich,
aber ich erkenne dich nicht aufgrund deiner Aura.
Ich spüre dich,
aber ich erkenne dich nicht aufgrund meines Bildes,
das du mir von dir gezeichnet hast.

ANSTOSS

Gefühle im Eisblock.
Gefangen. Starr. Unlebendig.
Lösungssuche?!
In die Sonne stellen.
Ihr Vertrauen schenken.
Sie wirken lassen.
Ihr Streicheln und
ihre Wärme genießen.
Das Tauwetter spüren.
Das Schmelzwasser erwarten.
Die Flut zulassen.
Endlich Schleusen öffnen.

Weinen. Weinen. Weinen.
Lachen. Lachen. Lachen.
Weinen. Lachen. Weinen.
Lachen. Weinen. Lachen.
Gefühle.
Leben.
Wärme.
Liebe.

UNMERKLICH

Unsichtbare, aber spürbare Fesseln
engen die Brust
und pressen den Atem.
Sie rauben Kraft und Energie.
Sie zerren
an Zuversicht, Optimismus und Elan.
Sie zurren sich fest und fester.
Sie kommen immer ans Ziel.

HAMSTERRAD

Ich laufe und laufe und laufe.
Und ich komme nicht voran.
Ich rede und rede und rede.
Und mir fehlen die richtigen Worte.
Ich tue und tue und tue.
Und ich bringe nichts zustande.
Ich schaue und schaue und schaue.
Und ich finde keinen Horizont.
Ich schreie und schreie und schreie.
Und ich bleibe ohne Laute.
Ich schlafe und schlafe und schlafe.
Und ich finde keine Ruhe.
Ich suche und suche und suche.
Und ich weiß nicht, wonach.
Ich rufe und rufe und rufe.
Und ich weiß nicht, nach wem.
Ich bete und bete und bete.
Und ich weiß nicht, wofür.
Ich lebe und lebe und lebe.
Und ich fühle mich tot.

DAUERBRENNER

Wichtige Frage für jeden Tag:
Woran merke ich, dass ich lebe?
Leben, nicht existieren.
Leben, nicht funktionieren.
Leben leben eben.

KAPITEL 10

„Wenn ich so von oben herab
auf die wimmelnden, emsigen Ameisen schaue,
verspüre ich oftmals das Bedürfnis,
ihnen ein Hindernis in den Laufweg zu legen,
um zu schauen, wie sie reagieren.
Manchmal denke ich auch,
dass ich der Herr über ihr Leben und ihren Tod bin",
meinte der Spaziergänger.
„Ich glaube,
solche Gedanken beschäftigen auch Gott!",
warf der Begleiter ein.

BINNENKLIMA

Kälte.
Gefühlskälte.
Gefrorene Gefühlskälte.
Minus zehn Grad.
Alle Ventile geschlossen.
Ausgänge blockiert.
Eingänge vermauert.
Abschottung. Distanz.
Misstrauen. Angst.
Ratlosigkeit.
Rückzug.
Vereinsamung.
Sinnleere.

Sehnsucht.
Wärmesehnsucht.
Befreiende Wärmesehnsucht.
Plus zwanzig Grad.
Alle Ventile behutsam geöffnet.
Ausgänge Schritt für Schritt entriegelt.
Eingänge Spalt für Spalt geweitet.
Öffnung. Annäherung.
Zuversicht. Hoffnung.
Tatendrang.
Zugehen.
Gemeinsamkeit.
Neuer Lebenssinn.

EISSCHOLLE

Du hast alles neu gewogen,
andere Standorte bezogen,
alle Maßstäbe verbogen
und gemeinsames Ideal betrogen.
Du hast Grenzen neu gezogen,
Gier und Eigensinn eingesogen,
dich und andere belogen
und läufst herum mit Pfeil und Bogen.
Was hat dich nur dazu bewogen?
Wer fühlt sich von dir noch angezogen?
Wer ist dir künftig noch gewogen?

LISTEN

Strick.
Pistole.
Brücke.
Baum.
Gift.
Messer.
Bahn.
Gas.
Steine.
(Auszug aus der Wunschliste
eines Lebensmüden)

Krankheit.

Misserfolg.

Mobbing.

Trauer.

Hoffnungslosigkeit.

Zukunftsangst.

Enttäuschungen.

Schuld.

Einsamkeit.

Armut.

Lieblosigkeit.

Depression.

Übersättigung.

Verzweiflung.

Burnout.

Scham.

Ausgrenzung.

Sinnleere.

Erniedrigungen.

Schmerzen.

Andersartigkeit.

Ausweglosigkeit.

Leben.

(Auszüge von Beweggründen
für das Erstellen einer Wunschliste)

Warum?

(Auszug aus einer Todesanzeige)

LEKTION

Eine kleine Unachtsamkeit.
Ein winziger Moment der Ablenkung.
Der Sturz erfolgte unweigerlich.
Die Treppe präsentierte sich
in ihrer ganzen Länge und Steilheit.
Der Körper im freien Fall.
Ein einziger Schrei voller Entsetzen.
Die Orientierung verloren.
Eine Rotation und ein Rutschen im Zeitraffer.
Der Körper gebeutelt und gezeichnet.
Der Schock saß tief.
Das Bewusstsein ratterte.
Die Muskeln versagten ihren Dienst.
Momente von Anspannung.
Momente des Erstarrens.
Momente der Angst.

Das Aufstehen gelang.
Die Entwarnung beruhigte.
Die Blessuren überschaubar.
Das Glück im Unglück unfassbar.

Keine Brüche.
Keine Kopfverletzungen.
Keine Entstellungen.
Keine Lähmungen.
Kein Sterben.
Das Glück im Unglück unfassbar.

Nur Prellungen.
Nur Schwellungen.
Nur Blutergüsse.
Nur Schürfungen.
Nur Schmerzen.
Das Glück im Unglück unfassbar.

Der Notarzt war überflüssig.
Das Krankenhaus war unnötig.
Der Rollstuhl blieb erspart.
Der Tod war weitergezogen.
Das Glück im Unglück unfassbar.

Gott meinte es gut.
Gott hatte einen Schutzengel geschickt.
Gott sandte eine Botschaft.
Gott hatte einen Plan.
Das Glück im Unglück unfassbar.

Das Leben blieb erhalten.
Ohne Einschränkungen für das Leben.
Ohne Einbußen und Verzichte.
Der Alltag blieb unberührt.
Das Glück im Unglück unfassbar.

Weiter so im Text?
Gott im Unglück gehabt.
Zum Glück Gott gehabt.
Gott sei Dank!
Ich habe verstanden.

WIEDERHOLUNGEN

Jeder Tag ein Schweretag.
Jeden Morgen diese Tortur nach dem Aufwachen.
Immer diese quälende Unruhe.
Immer dieses umfängliche Zittern.
Immer diese lähmende Anspannung.
Immer diese totale Verkrampftheit.
Immer diese aufwühlende Sorge.
Immer diese bange Frage:
„Was werde ich heute wohl wieder falsch machen?“

Jeder Tag ein Schweretag.
Jeder Tag voller Angst.
Dieser schon immer nagenden Angst
vor der Begegnung.
Mit dem Vater.
Mit dem Lehrer.
Mit dem Vorgesetzten.
Mit dem Kollegen.
Mit dem Kunden.
„Das hast du wieder falsch gemacht!“

Jeden Tag diese Gewissheit:
Der andere wird wieder erfolgreich
nach dem winzigen Haar in meiner Suppe suchen.
Und er wird natürlich wieder etwas finden!
Mit der Lupe in der Hand.

ZUSAMMENSPIEL

Mit
den zehn Fingern
kann man sich
schmutzige Hände
machen,
wenn
aus ihnen
Fäuste
werden.

UNGEHINDERT

Öffne die Schleusen.
Sprenge die Ketten.
Entriegele die Türen.
Zerbreche den Panzer.
Zerschneide die Netze.
Verbiege die Stäbe.
Hebe die Deckel.
Löse die Fesseln.
Weite die Tore.
In dir.
Lass raus.
Lass rein.
Endlich.

HALTLOS

Da ist sie.
Du siehst sie.
Du spürst sie.
Du willst sie nicht sehen.
Du willst sie nicht spüren.
Da war sie.
Da warst du.
Du hattest sie sehen können.
Du hattest sie spüren können.
Da war sie.
Die Grenze.
Da warst du.
Der Ignorant.

SZENENWECHSEL

Im Café.
An vollbesetzten Tischen
unterhalten sich im regen Durcheinander
unentwegt die Gäste.
Manch Vielsagendes
wird verhandelt,
zu oft Nichtsagendes.
Allemal zu viel Lautgesagtes.
Allemal zu viel Ohrenbetäubendes.
Dröhnendes Stimmengewirr rundum.
Nicht enden wollende Quasselfälle.

Unpassende Wellenlängen.
Grenzenlose Wortschwemme.
Unwahrheitsgemengelagen.
Schöngefärbte Protokolle.
Strapazierte Schmerzgrenzen.
Ohren, Geist und Seele leiden.

Lösungen gesucht!
Augen zu.
Film ab.
Geflügelfarm.
Stimmigkeit gefunden.
An vollbesetzten Tischen
begackern sich im regen Durcheinander
unentwegt die Hühner.
Im Stall.

UNIVERSELLES

Pipapo.
Larifari.
Blablabla.
Die gibt es in allen Sprachen.

IM CAFÉ

Sie beklagte sich
ausführlich, langatmig
und ausschweifend
über einen Kollegen,
der sich ständig in den Mittelpunkt dränge
und andere nicht zu Wort kommen lasse.
Er erzähle immer nur von sich.
Und dabei zu ausführlich.
Und dabei zu langatmig.
Und dabei zu ausschweifend.

Ihre Tischnachbarin
hörte zu,
kam nicht zu Wort
und ließ den Beschwerdemonolog
über sich ergehen.
Hielt sie in der Hand bereits
das Staffelholz?

STIMMIG

Sie redeten laut
und unentwegt,
die anderen Gäste
oftmals übertönend,
sehr engagiert

über menschliche Probleme
im alltäglichen Miteinander.
Scharfsinnig.
Tiefschürfend.
Kompetent.
Als sie fertig waren,
verließen sie grußlos
den Frühstücksraum.
Theorie und Praxis eben.

GEFANGEN

Zwischen den Gitterstäben
versperren klebrig Spinnennetze
die schmalen Räume.
Selbst die stummen Schreie
sollen nicht nach außen dringen,
und die Trauerblicke bleiben eingenetzt.
Der Kerker
will geschlossen bleiben.
Seine Geheimnisse
bleiben geheim.
Auch die Seele bleibt fest angekettet.
Hoffnungen, Träume, Sehnsüchte
müssen drinnen bleiben.
Der Kontakt zur Welt bleibt verbaut.
Ausgangssperre.

Faden für Faden
verspannt das Netz sich dichter.
Selbst die Sonne kapituliert
und mit ihr der blaue Himmel.
Besuchsverbot.

Es wird dunkel werden.
Es wird düster werden.
Es wird finster werden.
Finsternis ist Folter.
Es wird leise werden.
Es wird ruhig werden.
Es wird stumm werden.
Sprechverbot ist Folter.
Es wird einsam werden.
Es wird hoffnungslos werden.
Es wird gedankenlos werden.
Denkverbot ist Folter.

Die Spinne zieht weiter.
Ihre Arbeit ist getan.
Als nichtsahnender Folterknecht.

ZEITENWENDE

Wärter, löse meine Fesseln!
Die Gewehre schweigen wieder.
Die unzähligen Leichen sind gezählt.
Die alten Köpfe sind gerollt.
Der Palast hat neue Eigentümer.
Wir machen Rollentausch.
Hoffe, dass ich ein Mensch geblieben bin!

UNLÖSBARES

Wenn du gehst,
gehst du verloren
Wenn du stehst,
stehst du auf verlorenem Posten.
Wenn du rennst,
rennst du ins Unglück.
Wenn du fliegst,
fliegst du raus.
Wenn du liegst,
liegst du durch.
Was also tun?
Schweben.
Davonschweben!

WAHLKABINE

Da ist sie, die Regengrenze.
Hier noch nass, dort noch trocken.
Hier schon nass, dort noch trocken.
Hier schon trocken, dort schon nass.
Beim Nachbarn regnet es, bei mir nicht.
Auch der Regen hat einen Anfang und ein Ende.
Diese zwei Seiten, diesen Anfang und das Ende
trage ich auch in mir.
Egal, worum es geht.
Immer und überall.

Die Grenze verläuft mitten hindurch.
Hier der Muntermacher,
dort der Miesmacher.
Hier der Neugierige,
dort der Ängstliche.
Hier der Fröhliche,
dort der Traurige.
Hier der Kämpferische,
dort der Vorsichtige.
Hier der Zugewandte,
dort der Rückzügige.

Ich kann mich immer entscheiden,
auf welcher Seite ich mich aufhalten will.
Ich habe immer die Wahl.
Ich kann jederzeit die Seite wechseln.
Mal brauche ich Regen;
mal brauche ich Trockenheit.
Ich darf ein Seitenhüpfer sein.

PARADOX

Mir geht es gut,
denn ich habe jemanden,
dem ich sagen kann,
dass es mir schlecht geht.

Mir geht es schlecht,
denn ich habe niemanden,
dem ich sagen kann,
dass es mir gut geht.

Mir geht es schlecht,
denn niemand will mehr zuhören,
wenn es mir schlecht geht.

Mir geht es schlecht,
denn niemand will mehr zuhören,
wenn es mir gut geht.

Mir geht es schlecht,
denn ich erzähle nicht mehr von mir.
Mir geht es gut,
denn nun kann mich niemand mehr enttäuschen.

Ich ertrage meine Einsamkeit.
Es geht mir immer schlechter.
Aber es ist besser so.

UNAUFHALTSAM

Vom Neid zerfressen
und von Eifersucht geplagt
schrumpft das Ego mit Riesenschritten
und nichts kann seinen mächtigen Zerfall verhindern,
denn für die Liebe, die alleine nur der Seele Kräfte gibt,
bleibt bei diesem Ego wohl niemals Raum.

KAPITEL 11

Mitleidsvoll schaute die Kuh dem Mann in die Augen,
während sie genüsslich das frische Gras wiederkäute,
und dachte:
„Ihr armen Menschen tut mir leid.
Ihr rackert und plagt euch,
und macht euch ständig verrückt.
Während eurer Arbeit
und in eurer Freizeit.
Vom Aufstehen bis zum Schlafengehen.
Jeden Tag das Gleiche.
Ein ganzes Leben lang.
Und wofür das alles?
Irgendwann werdet ihr abgeholt.
Denn dann kommt der Tod,
und ihr müsst sterben."
„Du blöde Kuh",
dachte der Gedankenleser
und ging weiter.

FRISCHLUFT

Feuchte Wände.
Nebelluft.
Die Seele weint.
Einsam im Verborgenen.
Staudammbruch.
Tränenüberfluss.
Öffne das Fenster
und hänge dein Herz
zum Trocknen auf.

SORGEN

Dein Hirn rattert in meinem Hirn.
Schlafräuber dämonisieren.
Apokalyptisches Katastrophenchaos wütet.
Schwarze Pinselstriche verdunkeln bunte Bilder.
Schablonen bleiben im Nebel verborgen.
Lösungsschlüssel sind unauffindbar.
Das Tunnelende fernab bleibt geschwärzt ohne Leuchten.
Angst und Unruhe überziehen Geist und Seele
mit ätzendem Schleim.
Mein Ich quält sich zerrissen in der Folterkammer.
Alles ist völlig außer Kontrolle geraten.
Dein Hirn rattert in meinem Hirn.
Wie kannst du mir das antun?

DOPPELPACK

Sehnsucht birgt Hoffnung.
Hoffnung auf Chance.
Hoffnung auf Neugier.
Hoffnung auf Mut.
Hoffnung auf Anpacken.
Hoffnung auf Gelingen.
Hoffnung auf Erfüllung.
Hoffnung auf Bereicherung.
Hoffnung auf Zukunft.
Hoffnung bringt Sehnsucht.
Sehnsucht birgt Hoffnung.

GEHEIME WÜNSCHE

Ich
möchte
einfach nur mal
andere auf mich warten lassen,
nachts laut durch die Gegend rufen,
beim Essen rülpsen,
bei Vollgelb über die Ampel fahren,
das Telefon durchklingeln lassen,
am Verkaufsstand vordrängeln,
laut dazwischenreden,
mein Taschentuch neben den Mülleimer werfen,
im Theater laut husten,
ein Saftglas im Restaurant verschütten,
eine Tür laut zuschlagen,
den Mittelfinger zeigen,
die WC-Spülung nicht benutzen,
die Mittagsruhe stören,
laut hupend um die Ecke fahren,
zwei Parkplätze blockieren,
im Laden mehrere Pfirsiche andrücken,
nur auf der Mittelspur fahren,
alle Shrimps aus dem Salat nehmen,
Kirschkerne in Vorgärten spucken,
auf der Straße eine Dose laut scheppernd wegschießen,
einfach mal am Hochhaus alle Klingelknöpfe drücken,
viele Klamotten probieren und keine kaufen,
den Fahrstuhl im Hotel auf alle Etagen schicken,

bis mittags im Bett liegen bleiben,
eine Seite aus einer Wartezimmerzeitschrift reißen,
bewusst eine Bitte abschlagen,
nach dem Essen sitzen bleiben
und nicht beim Abräumen helfen,
mich laut künstlich aufregen,
bei geöffnetem Fenster das Radio voll aufdrehen,
am Sonntagmorgen die Bohrmaschine laufen lassen,
mit schmutzigen Schuhen ein Geschäft betreten,
ein Glas Wein beim Geburtstag auf einen Zug leeren,
die Haustür trotz Anklingelns nicht öffnen.

Ich habe noch viele heimliche Wünsche,
denn
ich
möchte
einfach nur mal
nicht immer ständig
funktionieren
müssen.

ATELIER

Als ich auf die Welt kam,
wurde mir ein Pinsel in die Hand gedrückt,
und ich erhielt den Auftrag:
„Male dein Selbstbild!"

Man stellte einige wenige Farbtöpfchen vor mich hin,
legte mir einen Musterbogen vor,
den ich exakt ausmalen sollte,
und wies mich an:
„Male nach Zahlen!"

Eines Tages konnte ich
durch den Spalt des Fenstervorhangs
nach draußen blicken
und sah mir völlig unbekannte, undunkle Farben.
Völlig andere als die,
die mir immer hingestellt wurden.
Ich war völlig irritiert
und kam ins Nachdenken
über mich und mein Bild.

Als die anderen das mitbekamen,
wurde ich zurechtgewiesen,
und die Vorhänge wurden sofort wieder zugezogen.
Sie meinten, das sei einzig zu meinem Vorteil
und müsse so sein,
damit ich nicht abgelenkt werde
und ungestört weitermalen kann.

Auch sollte ich bedenken,
dass ich die anderen Menschen um mich herum
nicht erzürnen dürfe.
Sie forderten also strenge Disziplin und Dankbarkeit
und sagten:
„Schau auf die herrlichen Varianten und Schattierungen
bei deinem Schwarz!"

Ich malte deshalb so weiter wie bisher,
denn der Ateliergehorsam duldet keinen Stilbruch!
Aber dennoch gingen mir
die anderen Farben nicht mehr aus dem Kopf.

AUFMERKEN

Du bist voller Verwunderung.
Du bist voller Ratlosigkeit.
Du bist voller Irritation.
Du bist voller Ungeduld.
Du bist voller Zweifel.
Du bist voller Unruhe.
Du bist voller Sorge.

Du denkst:
„Das kann doch nicht sein!"
Du hast erwartet,
dass alles schneller geht.
Und intensiver.

Du bist naiv.
Du bist nicht weise.
Du bist wohl unerfahren.
Du hattest Wechselfieber.

Denn:
Es braucht nicht nur Zeit,
um sich an den Krieg zu gewöhnen.
Es braucht auch Zeit,
um sich an den Frieden zu gewöhnen.
Es braucht nicht nur Zeit,
um sich an Knechtschaft zu gewöhnen.
Es braucht auch Zeit,
um sich an die Freiheit zu gewöhnen.
Es braucht nicht nur Zeit,
um sich an das Unglück zu gewöhnen.
Es braucht auch Zeit,
um sich an das Glück zu gewöhnen.
Es braucht nicht nur Zeit,
um sich an den Alltag zu gewönnen.
Es braucht auch Zeit,
um sich an die Auszeit zu gewöhnen.
Es braucht nicht nur Zeit,
um sich an die Arbeit zu gewöhnen.
Es braucht auch Zeit,
um sich an die Freizeit zu gewöhnen.
Es braucht nicht nur Zeit,
um sich an Partnerschaft zu gewöhnen.
Es braucht auch Zeit,
um sich an das Alleinsein zu gewöhnen.

GESPRÄCHE

Ich kann einfach nicht mehr mit dir reden.
Immer ist es gerade der falsche Moment.
Immer suchst du sofort nach Rechtfertigungen.
Immer findest du rasch Anschuldigungen.
Immer verdrehst du die Dinge zu deinen Gunsten.
Immer pickst du dir Randdetails heraus.
Immer bauschst du Nebensächlichkeiten auf.
Immer zerredest du das Wesentliche.
Immer liegt die Schuld am Ende nur bei mir.
Immer bin ich allein wieder mal der Böse.
Ich will nicht mehr mit dir reden.
Quälende Selbstgespräche sind das kleinere Übel.

LAUF DER DINGE

Überall Chaos.
Überall Unruhe.
Überall Beliebigkeit.
Überall Ungerechtigkeit.
Überall Verunsicherung.
Überall Kleinkrieg.
Überall Zerfall.
Überall Angst.
Führer gesucht!

Überall Struktur.
Überall Unruhe.
Überall Kontrolle.
Überall Unterdrückung.
Überall Zwang.
Überall Krieg.
Überall Zerfall.
Überall Angst.
Kämpfer gesucht.

GESCHÄFTSIDEEN

Ich stehe am Tresen.
Beim Bäcker.
Ich bezahle meine Brötchen.
Ich freue mich auf das Frühstück.
Plötzlich steht jemand hinter mir.
Ein neuer Kunde.
Ich kenne ihn nicht.
Ich habe sein Eintreten nicht bemerkt.
Ich habe ihn nicht gehört.
Hat er etwa gegrüßt?
Habe ich einen Hörschaden?
Hat er mich nicht gesehen?
Habe ich eine Tarnkappe auf?
Erwarte ich zu viel?
Bin ich außerirdisch?

Ich gehe.
Ich bin verunsichert.
Ich höre mich „Auf Wiedersehen" sagen.
Ich warte vergeblich auf Antwort.
Habe ich überhaupt etwas gesagt?
Habe ich zu leise geredet?
Hätte ich überhaupt etwas sagen dürfen?
Erwarte ich zu viel?
Bin ich außerirdisch?

Hätte „Tschüß" gereicht?
Oder einfach wortlos zu gehen?
Will ich diese Menschen wieder sehen?
Wollen mich diese Menschen wieder sehen?

Ich bin traurig.

HANDLUNGEN

Gereichte Hand.
Weggeschlagene gereichte Hand.
Verschmähte Hand.
Geschundene Hand.
Versteckte Hand.
Fausthand.

SEELISCHE ARTHROSE

Ich bin innerlich zerrissen.
Ich weiß,
wenn ich dir sagen würde,
was ich wirklich will,
sähe vieles in unserem Leben
plötzlich anders aus.
Die lächelnden Masken würden abgerissen.

Ich bin innerlich zerrissen.
Ich spüre,
dass unsere Schnittmenge schrumpft.
Wir werden uns fremder.
Wir entwickeln uns auseinander.
Frühere Gemeinsamkeiten schwächeln.

Ich bin innerlich zerrissen.
Ich merke,
dass wir in einer Scheinwelt leben.
Unsere sichtbare Harmonie beruht darauf,
dass wir unausgesprochen
auf dem kleinsten gemeinsamen Nenner leben.
Die Fliehkräfte zersetzen mich.

Ich bin innerlich zerrissen.
Ich ahne,
dass die Netze, Spiegel, Kostüme und Masken
bald den Dienst quittieren
und wohl alles auf den Punkt gebracht sein wird.

Aber ich weiß nicht auf welchen.
Brennpunkt? Endpunkt? Neustartpunkt?
Trennpunkt? Tiefpunkt? Todpunkt?

Ich bin innerlich zerrissen.

MUTPROBE

Spiegel sind Freunde.
Sie spiegeln dich.
Sie geben dir Gewissheit,
dass es dich gibt.
In diesem Moment gibt.
Der Blick in den Spiegel zeigt dir,
dass du lebst.

Spiegel sind Feinde.
Sie spiegeln dich.
Sie geben dir Gewissheit,
dass es dich gibt.
In diesem Moment gibt.
Der Blick in den Spiegel zeigt dir,
dass du lebst.
Unverfälscht.
Unbestechlich.

In diesem Moment.
Aber auch im nächsten.
Und wieder im nächsten.
Der Blick in den Spiegel zeigt dir,
dass du lebst.

Schau in den Spiegel,
wenn du die Wahrheit ertragen kannst.
Dass du es bist,
den du siehst.
Unverfälscht.
Unbestechlich.

KLEINER HINWEIS

Hättest du
die Disziplin, Sorgfalt und Struktur,
die du
beim Einräumen der Lebensmittel
immer zuverlässig an den Tag legst,
auch beim Essen,
müsstest du nicht mehr
so oft und so viel einkaufen.

GUT GEMEINT

Ich klingele.
Mehrmals.
Niemand da?
Ich laufe ums Haus.
Klopfe an Fenster.
Niemand da?
Ich warte.
Ich rufe.
Niemand da?
Schade,
ich wollte nur mal „Hallo" sagen.
Ganz ohne Voranmeldung.
Einfach nur mal so.
Ganz spontan.
Ich war gerade in der Nähe.

GRUNDLEGENDES

Eine ehrliche Beziehung
besteht aus
einem SOWOHL ALS AUCH,
einem Geben und Nehmen,
einem Fordern und Folgen,
einem Suchen und Finden,
einem Hoffen und Bangen,
einem Vertrauen und Handeln,
einem Freuen und Trösten,
einem Halten und Loslassen,
einem Du und Ich,
einem WIR schaffen das.

IMMER WIEDER

Ich will,
dass es mir gut geht, weil es mir gut geht,
und nicht,
weil es anderen schlecht geht.
Ich weiß, ich weiß, ich weiß.
Aber es ist verdammt schwer,
diese Sichtweise im Auge zu behalten.

VORBILD

Der kleine Bach mäandert verspielt durch die Wiesen.
Er genießt verträumt sein gemächliches Fließen.
Er lebt bewusst die Ruhe vor dem Sturm.
Er nutzt die Zeit wohl wissend, dass der Raum sich ändert.
Er weiß, dass rauschende Zeiten kommen.
Er verliert aber nie seinen Weg aus dem Auge.
Den Weg von der Quelle bis zur Mündung.
Er hält stets zielstrebig die Spur.
Ganz erwartungsfroh.
Ganz zuversichtlich.
Ganz unaufgeregt.
Ganz vertrauend.
Ganz neugierig.
Ganz geduldig.
Ganz souverän.
Ganz im Fluss.
Kleiner Bach, wäre ich doch so wie du!

AUFTRAG

Kleide dich endlich neu ein.
Hänge die Bleiweste an den Haken.
Vergrabe den Fehdehandschuh.
Zerschneide die Zwangsjacke.
Verbrenne das Büßerhemd.
Trenne dich vom Narrenhut.
Nimm den Helm vom Kopf.

Wirf das Kettenhemd fort.
Entsorge die Kasperhose.
Richte dich endlich auf.
Du gewinnst an Größe.
Nicht nur bei der Konfektion.
Zeige dich befreit vom Zwang.
Die Welt will erobert werden
mit Freude, Zuversicht,
Hoffnung, Liebe und Vertrauen.
Und das mit Frieden
in dir und mit anderen.

FRAGEBOGEN

Es gibt Menschen,
die sind reich und gleichzeitig arm,
die sind arm und gleichzeitig reich,
die sind reich und gleichzeitig reich,
die sind arm und gleichzeitig arm.

Es gibt Menschen,
die sind reich und gleichzeitig unglücklich,
die sind arm und gleichzeitig glücklich,
die sind reich und gleichzeitig glücklich,
die sind arm und gleichzeitig unglücklich.

Es gibt Menschen,
die sind reich und leben ungesund,
die sind arm und leben gesund,
die sind reich und leben gesund,
die sind arm und leben ungesund.

Es gibt Menschen,
die sind reich und fühlen sich einsam,
die sind arm und sind voller Kontakt,
die sind reich und sind voller Kontakt,
die sind arm und fühlen sich einsam.

Es gibt Menschen,
die sind reich und können sich nicht freuen,
die sind arm und können sich freuen,
die sind reich und können sich freuen,
die sind arm und können sich nicht freuen.

Es gibt Menschen,
die sind reich und undankbar,
die sind arm und dankbar,
die sind reich und dankbar,
die sind arm und undankbar.

Es gibt Menschen,
die sind reich und unfreundlich,
die sind arm und freundlich,
die sind reich und freundlich,
die sind arm und unfreundlich.

Es gibt Menschen,
die sind reich und verdorben,
die sind arm und unverdorben,
die sind reich und unverdorben,
die sind arm und verdorben.

Auswertung bitte!

ANIMATEURE

Auf jedem Sonnenstrahl
sitzen Millionen fröhlicher, kleiner Geister.
Man kann sie nicht sehen.
Man kann sie nicht hören.
Man kann sie aber spüren.
Man kann sie aber ahnen.
Sie strecken uns die Hände entgegen,
und rufen schwingungslaut:
„Komm mit!
Vertraue der Sonne,
sei einer von uns."

THEATERLEIDEN

Ganz tief in dir
wird Tag für Tag gespielt.
Tag für Tag erneute Generalprobe.
Tag für Tag fiebrige Bühnensehnsucht.
Tag für Tag Schwenken mit dem Programmheft.
Denn dein Ich will Premiere feiern.
Es hat ein neues Drehbuch geschrieben.
Zieh endlich den Vorhang zurück.
Lass das neue Spiel beginnen.

PURE VERZWEIFLUNG

Da sind sie wieder.
Diese prickelnden Ideen.
Diese deutlichen Vorstellungen von Möglichkeiten,
mein Leben zu verändern
und neu aufzumischen.
Meinen Horizont zu erweitern.
Mich zu bereichern.
Meine Begabungen und Fähigkeiten zu nutzen.
Mutig und effektiv meine Probleme anzupacken
und endlich den Kopf frei zu kriegen.

Da sind sie wieder.
Diese prickelnden Ideen.
Diese Antworten auf meine ratlosen Fragen.
Diese Wege, mich aus dem dunklen Keller zu befreien.

Diese Hinweise,
um endlich festen Boden unter die Füße zu kriegen.
Diese spürbaren Energien,
um endlich loszulegen.

Da sind sie wieder.
Diese prickelnden Ideen.
Da sind sie wieder.
Diese Zwiespältigkeiten.
Diese Ängste.
Hilfe, Hilfe!
Ich bin verloren.
Ich fühle mich schlecht.
In mir dreht sich alles.
Ich brauche wieder Halt.
Ich brauche wieder Orientierung.

Wo sind meine „Ja, aber"-Helfer?

BOTSCHAFT

Das ferne Schiffshorn tönt und lockt:
„Komm mit an Bord
und lass dich von der Welt bezaubern!
Auch in dir Ungelebtes
will endlich auf die Reise gehen!
Die unsichtbaren Koffer sind bereits gepackt
mit Hoffnungen, Wünschen, Träumen."
Tuuut. Tut gut. Tuuut.

GESUNDHEITSVORBEUGUNG

Gesunde
Verantwortung
sich selbst gegenüber
heißt:
Nicht unnötigerweise
Verantwortung zu übernehmen
und
unnötige Verantwortung
abzuweisen
oder zu delegieren.

PERSPEKTIVENWECHSEL

Einfaches Leben:
Einfach übersichtlicher.
Einfach berechenbarer.
Einfach kontrollierbarer.
Einfach wiederholbarer.
Einfach unabhängiger.
Einfach beruhigender.
Einfach umsetzbarer.
Einfach vernünftiger.
Einfach ausgeglichener.
Einfach rücksichtsvoller.
Einfach genügsamer.
Einfach zufriedener.
Einfach gelassener.

Einfach dankbarer.
Einfach achtsamer.
Einfach maßvoller.
Einfach leistbarer.
Einfach lebbarer.
Einfach zeitloser.
Einfach einfacher.
Einfach natürlicher.
Einfach menschlicher.

STETE FREUNDIN

Verkrieche dich nur.
Klappe alle Läden zu.
Ziehe dich in dich zurück.
Falte dich in deinen Schoß ein.
Schotte dich von der Welt ab.
Werde zum Höhlenmenschen.
Erkläre die Dunkelheit zum Licht.
Wende dich von der Sonne ab.
Überschütte sie mit Vorwürfen.
Erkläre sie für überflüssig.
Werde zum Schwarzseher.
Werde zum Seelenigel.

Aber bedenke:
Die Sonne
verliert dich nie aus den Augen.
Sie ist immer für dich da.
Sie ist nicht nachtragend.
Sie verzeiht.
Sie ist gütig.
Sie ist wohlwollend.
Sie ist fürsorglich.
Sie ist geduldig.

Sie weiß,
dass du ohne sie nicht leben kannst.
Du bist ein Kind der Sonne.
Du bist ein Kind des Lichts.
Also: Öffne die Augen!
Du kannst jederzeit aus der Höhle
wieder ins Leben kommen.

WUNSCH

Lass uns reden.
Lass uns einander von uns erzählen.
Lass uns einfach Gedanken treiben.
Lass uns einfach Geschichten schildern
Lass uns einfach über Protokolle reden.
Jeder soll von sich erzählen.
Von uns. Über sich.

Wenn du nicht reden kannst,
lass uns einander von uns schreiben.
Lass uns einfach Gedanken treiben.
Lass uns einfach Geschichten schreiben.
Lass uns einfach Protokolle schreiben.
Jeder soll von sich schreiben.
Über uns. Über sich.

Denn ich habe Angst,
dass wir zu wenig von uns wissen.
Denn ich habe Angst,
dass wir uns eigentlich nicht kennen.
Denn ich habe Angst,
irgendwann keine Antworten mehr
auf meine Fragen erhalten zu können.

Denn ich habe Angst,
dich zu verlieren
und vor Rätseln zu stehen.
Denn ich habe Angst,
dass zu viel Sagbares
ungesagt geblieben sein könnte.
Denn ich habe Angst,
dass zu viel Schreibbares
ungeschrieben geblieben sein könnte.

Lass uns reden,
lass uns schreiben,
lass uns lachen,
lass uns weinen,
lass uns wir sein,
lass uns einlassen.

KAPITEL 12

Ich begegnete
dem schäbig und schmutzig gekleideten,
zahnlosen und vorgealterten Mann,
der mir auf einem verrosteten Damenfahrrad
auf der Landstraße entgegenkam,
auf der Rückfahrt drei Stunden später erneut,
als ich wegen nicht angepasster Geschwindigkeit
und einem missglückten Lenkmanöver
mit meinem Sportcabriolet
in den Straßengraben gerutscht war.
Er kam gerade von der Feldarbeit zurück
und bog mit seinem Traktor auf die Straße ein,
wo er neben mir anhielt und mir sofort,
ohne viel zu fragen, anbot,
mich aus dem Graben zu ziehen.
Ich nahm seine Hilfe dankbar und erleichtert an.
„Gott sei Dank, hatte er meine Gedanken,
die ich bei unserer ersten Begegnung hatte, nicht lesen können."
Jedenfalls schäme ich mich jetzt fürchterlich!
Und ich kann mir gut vorstellen,
was er jetzt wohl über mich denkt.
Und das völlig zu recht!

KLEINE SUCHT

Diese sanfte Stimme.
Diese Wohlfühlmusik.
Diese beruhigende Atmosphäre.
Diese totale Entschleunigung.
Diese persönliche Ansprache.
Dieses Verständnis.
Diese Höflichkeit.
Diese Geduld.
Ich bin hin und weg.
Ich bin fasziniert.
Die Magie der Warteschleife
hat mich erfasst.

Ich freue mich auf morgen.
Auf die Stosszeiten.
Natürlich besonders darauf,
hoffentlich nicht sofort verbunden zu werden.

KEHRSEITE

Die Menschen wollen sich in Bequemlichkeit suhlen.
Die Menschen wollen Lästiges an andere delegieren.
Die Menschen wollen sich vor Unangenehmem drücken.
Die Menschen wollen keine Verantwortung übernehmen.
Die Menschen wollen sich nicht um andere kümmern.
Die Menschen wollen ihre Begabungen nicht nutzen.
Die Menschen wollen um das goldene Kalb tanzen.
Die Menschen wollen spielen und sich ablenken.
Die Menschen wollen in ihrer Scheinwelt leben.
Die Menschen wollen bemuttert werden.
Die Menschen wollen ihre Ruhe haben.
Die Menschen wollen Kinder bleiben.
Die Menschen wollen wegschauen.
Die Menschen wollen
nichts sehen,
nichts hören,
nichts sagen,
nichts wagen.

Der Diktator schaut grinsend
aus seinem Schlupfloch hervor.

BETROFFENHEITEN

Ich bin der Zeitungsleser.
Ich lese den Bericht.
Tragischer Unfall.
Zwei Tote.
Ein Schwerverletzter.
Ich bin betroffen.
Wenigstens gab es einen Überlebenden.
Der hat Glück gehabt.
Ich blättere weiter.
Nächster Bericht.

Ich bin der Schwerletzte.
Beide Freunde tot.
Ich war der Fahrer.
Ich habe keine Beine mehr.
Ich kann nicht mehr in meinem Beruf arbeiten.
Ich kann nicht mehr Fußball spielen.
Ich kann nicht mehr in den Bergen wandern.
Ich bin ein Krüppel.
Ich bin wieder Single.
Mein Leben ist zerstört.

Ich bin schuld am Tod der anderen.
Warum nur, warum?
Warum konnte das passieren?
Warum habe ich mich so verhalten?
Warum habe ich überlebt?
Warum mussten die anderen sterben?
Wäre ich doch auch tot!
Aber ich lebe.
Pech gehabt.
Ich kann nicht abschalten.
Ich kann nicht weiterblättern.
Ich sehe immer die gleichen Bilder vor mir.
Ich fühle mich unverstanden.
Das hätte jedem passieren können.
Ich soll doch froh sein.
Ich soll nicht undankbar sein.
Die beiden Toten würden bestimmt gerne mit mir tauschen.
Ich fühle mich alleine gelassen.
Ich habe Angst vor der Zukunft.

Überall nur Zeitungsleser.

ENDLICH

Nun ist sie endlich da,
die erhoffte und ersehnte
freie Zeit.
Endlich keine lästigen Pflichten mehr.
Endlich keine Einschränkungen mehr.
Endlich kein Druck von außen mehr.
Weder von Umständen noch von Personen.
Endlich unbegrenzt freie Zeit.
24 Stunden von 24 Stunden.
Zeit nur für mich.
Für meine Wünsche, Träume,
Begabungen, Interessen.
Paradiesische Zeit.

Und was mache ich?
Ich sitze hier und denke nach.
Nun habe ich endlich Zeit und grübele,
was ich mit ihr anfangen soll.
Erst gingen mir viele Ideen durch den Kopf.
Doch dann ertappte ich mich dabei,
dass ich mich nicht verstehen kann,
dass ich mich so schwer tue,
diese endlich freie Zeit mit sinnvollem Inhalt zu füllen,
und mich dabei wohl zu fühlen.

Ich komme mir wie ein Versager vor.
Wie jemand, der mit sich selbst nichts anfangen kann.
Ich komme mir wie ein Undankbarer vor.

Wie jemand, der ein Geschenk nicht nutzen kann.
Ich komme mir wie ein Schwätzer vor.
Wie jemand, der erst groß tönt und dann nichts hinkriegt.
Ich stehe mir seit einiger Zeit
mit erhobenem Zeigefinger gegenüber.
Kopfschüttelnd und fassungslos.
Respekt und Achtung vor mir selbst
haben Schaden genommen.

Ich bin unglücklich.
Ich bin unfähig.
Ich bin dumm.
Ich bin Nichtsnutz.
Ich bin unentschlossen.
Ich bin träge.
Ich bin sauer.
Ich bin unfrei.

Ich habe mich gehörig in mir getäuscht.
Ich habe mich völlig überschätzt.
Ich merke voller Erschrockenheit,
dass ich dringend jemanden brauche,
der mir sagt, wo es für mich lang geht.
Jemanden, der mir Hinweise gibt,
was ich am besten für mich tun könnte.
Anscheinend kenne ich mich selbst viel weniger,
als ich dachte.

Aber warum nur?
War ich bisher so oberflächlich?
Habe ich zu wenig und zu selten in mich hineingeschaut?
Habe ich immer nur darauf geachtet,
das zu tun, was andere von mir erwarten?
Wollte ich vor allem anderen gefallen?
Habe ich mich zu sehr in den Hintergrund gerückt?
Warum habe ich nicht gelernt,
mit mir alleine etwas anfangen zu können?
Warum mache ich mir mein Freisein jetzt so schwer?

Nun sitze ich schon ewig lange ratlos herum
und der Zeitsand zerrinnt mir zwischen den Fingern.
Das Gedankenkreisen zerreibt alle Momente.
Der Zeitstaub vernebelt meine Sicht.
Ich schaue auf die Uhr.
Die Grübelzeit verging wie im Fluge
und hat viele Zeitkörner gekostet.
Ich bin verzweifelt und ratlos.
Mir fehlen spürbar Lust und Antrieb.

Meine Bilanz ist erschreckend.
Ich habe wieder mal alle momentanen Chancen vertan.
Ich habe freie Zeit nicht verdient.
Ich bin ein elendiger Zeitverplemperer.
Nun lohnt es sich eigentlich auch nicht mehr,
etwas zu beginnen.
Schon wieder habe ich ohne Erfolg herumgegrübelt,
was ich jetzt tun könnte,
und nichts auf die Reihe gebracht,

geschweige irgendetwas angefangen.
Ich fühle mich total überfordert.
Ich will überhaupt keine freie Zeit mehr haben.
Ich schäme mich.

FEUER

In mir kribbelt es.
In mir glüht es.
In mir brennt es.

Ist es ein Verbrennen?
Verbrennt Vertrauen?
Verbrennt Zuversicht?
Verbrennt Hoffnung?
Verbrennt Selbstwert?

Ist es ein Entfachen?
Entfacht Vertrauen?
Entfacht Zuversicht?
Entfacht Hoffnung?
Entfacht Selbstwert?

Ich halte inne.
Ich schaue auf meine Ziele.
Ich schaue auf meine Zukunft.
Will ich rückwärts gehen?
Will ich vorwärts gehen?

AUFRÄUMEN

Du kannst Bilder zerschneiden.
Du kannst Briefe zerreißen.
Du kannst Adressen entfernen.
Du kannst Dateien löschen.
Du kannst Gesprächsthemen meiden.
Die schmerzhaften Erinnerungen
werden dennoch immer
als ein Teil deines Lebens bestehen bleiben.
Narben vernarben nie.

ANREGUNG

Wer nach dem Satz „Dann ist es eben so" lebt,
kann jeden Augenblick ohne Druck
wunderbar nutzen und genießen,
ohne in Versäumnispanik zu kommen.

TRAURIGKEIT

Unsichtbar
legt sich tiefe Traurigkeit
wie ein bleiernes Tuch
auf die dürstende Seele,
die verzweifelt umherblickt.
Sie sucht die Menschlichkeit
in der Heerschar der Menschen.
Sie sucht die Liebe
im Miteinander der Menschen.
Sie sucht das Vertrauen
in der Begegnung der Menschen.
Sie sucht den Menschen
unter den Menschen.

Das vergebliche Suchen ermattet
und lässt die Hoffnung stetig schwinden.
Müde und gänzlich irritiert entdeckt die Seele
überall zwar vielbevölkerte, aber menschenleere Bühnen.
Der neue Spielplan des Lebens hat sich stark verändert,
denn im Theater spielt man nicht mehr seine Stücke.
Stattdessen überall und allumfassend
Crescendo nur beim Kriegsgeschrei.
Die Seele hüllt sich in das Tuch
und weint.

BESETZT

Ich wollte ein Steak essen
und hatte mich den ganzen Tag darauf gefreut.
Aber das Restaurant war ausgebucht.
Jetzt esse ich Tagliatelle mit Lachs.
Wo ist das Problem?
Es schmeckt grandios.
Tutto bene!

GELEBTE PARTNERSCHAFT

Ich schaue dir ins Gesicht.
Deine strahlenden Augen verzücken mich.
Dein sinnlicher Mund berührt mich.
Ich halte dich ganz fest.
Ich presse dich an mich.
Ich spüre dich.
Ich rieche dich.
Ich atme dich ein.
Ich bin in Wallung.
Meine Gefühle drehen durch.
Meine Gedanken kreisen nur um dich.

Mein Körper bebt.
Meine Hände zittern.
Du bist da.
Du bist nah.
Du bist bei mir.
Ganz nah bei mir.

Ich schaue dich an.
Voller Schuld.
Voller Scham.
Ich kann mich nicht verstehen.
Ich sage es dir ins Gesicht.
Ganz ehrlich und offen.
Ich war dumm.
Ich war verblendet.
Ich war unausstehlich.
Du hattest recht.
Das hätte alles nicht passieren dürfen.
Vor allem nicht so.
Aber jetzt ist es zu spät.
Nun ist es nicht mehr gut zu machen.
Leider.

Mir bleibt nur dein Bild.
Ich stelle es wieder zurück.
Ich bin traurig.

INFO 6.0

Irgendwann wird man nicht mehr
zwischen Wahrheit und Lüge unterscheiden können.
Dann wird es einsam um die Menschen.
Und in ihnen.
Kein Vertrauen mehr.
Keine Freunde mehr.
Keine Geborgenheit mehr.
Keine Sicherheit mehr.
Keine Liebe mehr.

QUÄLENDE WAHRNEHMUNG

Über mir kreisen Geier.
Viele und schon seit längerer Zeit.
Wissen die mehr als ich?
Bin ich etwa pleite?
Bin ich etwa schon tot?

NARZISS

Beim Wandern weit draußen im Wattenmeer
überflutete mich plötzlich ein beglückendes Gefühl
von Selbstverliebtheit und Größenphantasie,
als ich meine nackten Füße
auf den unberührten, welligen Boden aufsetzte
und dachte:
„Auf diese Stelle ist vielleicht noch nie vor mir
ein Mensch getreten!
Ich bin der erste!"

KOMMUNIKATIONSSTÖRUNG

Es wurde viel gesagt,
aber wenig gehört.
Es wurde viel gehört,
aber wenig gesagt.

ENTSCHEIDUNGSMOMENTE

Deine Figur taugt nicht
als vorzeigbare Visitenkarte.
Igitt!
Deine Kleidung zeugt durchgängig
von Geschmacklosigkeit.
Igitt!
Dein Gesicht trägt unübersehbar
unzählbare Jahresringe zur Schau.
Igitt!
Deinem Gang fehlt es deutlich sichtbar
an Eleganz und Leichtigkeit.
Igitt!
Deine Ausstrahlung pendelt unverkennbar
haarscharf um den Nullpunkt.
Igitt!

Ende der Selbstbewertung!
Ist heute der Tag x?
Beginnt heute die neue Zeit?
Ja, endlich!
Spieglein, Spieglein an der Wand,
für deine Hinweise vielen Dank!

MOMENTAUFNAHMEN

Es hört sich gut an,
wenn du schweigst,
denn dann kann Positives
stehen bleiben.

Ich habe Angst,
wenn du schweigst,
denn ich weiß um deine Selbstgespräche,
in denen du die Verletzungen formulierst,
die mich fortan zum Schweigen bringen.

ANDERE WELTEN

Auf der breiten Schulter
des gütigen Friedensengels
sitzt völlig verschüchtert
die zitternde Friedenstaube,
denn auf ihr freundliches Klopfen
wurden die Türen in den Häusern nicht geöffnet.
Oder sie wurde lautstark beschimpft.
Oder sofort barsch abgewiesen.
Oder wild fluchend verjagt.

Niemand wollte sie hören.
Keiner wollte mit ihr reden.
Nirgendwo war Kontakt erwünscht.
Die Menschen
konnten mit ihrem Friedensgruß
nichts anfangen.
Er war ihnen völlig fremd geworden
und abhanden gekommen.
Denn in ihren geschundenen Herzen
tobte Krieg.
Und nur ihn kannten sie.
Nur er war ihnen bestens vertraut.
Nur er begleitete sie am Tag und in der Nacht.
Nur ihn hörten und sahen sie.
Nur mit ihm standen sie unauflösbar im engen Kontakt.
Inzwischen bemerkten die Menschen auch nicht mehr,
dass der Krieg ihre Sinne und ihr Denken
Tag um Tag mehr verdunkelte
und sie misstrauisch, böse und verbittert machte.
Sie waren blind, taub und abgestumpft.

Die zwei weißen Flügel
hoben ab auf Nimmerwiedersehen
und ließen den schwarzen Planeten unter sich.

EINGESPIELTES TEAM

Ja, ich weiß, so darf ich nicht denken.
Dann lasse ich es.
Gut, dass ich dich habe.
Ja, ich weiß, die Farbe steht mir nicht.
Dann lasse ich es.
Gut, dass ich dich habe.
Ja, ich weiß, diese Person tut mir nicht gut.
Dann lasse ich es.
Gut, dass ich dich habe.
Ja, ich weiß, das wäre egoistisch.
Dann lasse ich es.
Gut, dass ich dich habe.
Ja, ich weiß, das kann mir nicht schmecken.
Dann lasse ich es.
Gut, dass ich dich habe.
Ja, ich weiß, das kann ich mir nicht zutrauen.
Dann lasse ich es.
Gut, dass ich dich habe.
Ja, ich weiß, das Hobby passt nicht zu mir.
Dann lasse ich es.
Gut, dass ich dich habe.
Ja, ich weiß, die Arbeit ist zu anstrengend für mich.
Dann lasse ich es.
Gut, dass ich dich habe.
Ja, ich weiß, das würde dir wehtun.
Dann lasse ich es.
Gut, dass ich dich habe.
Ja, ich weiß, der Ausflug ist zu gefährlich für mich.

Dann lasse ich es.
Gut, dass ich dich habe.
Ja, ich weiß, ich darf mich nicht beschweren.
Dann lasse ich es.
Gut, dass ich dich habe.
Ja, ich weiß, dass ich das bestimmt nicht richtig mache.
Dann lasse ich es.
Gut, dass ich dich habe.
Ja, ich weiß, das ist niveaulos.
Dann lasse ich es.
Gut, dass ich dich habe.
Ja, ich weiß, das verdirbt nur den Charakter.
Dann lasse ich es.
Gut, dass ich dich habe.
Ja, ich weiß, dass mich das nicht weiterbringt.
Dann lasse ich es.
Gut, dass ich dich habe.
Ja, ich weiß, das sind nur Flausen in meinem Kopf.
Dann lasse ich es.
Gut, dass ich dich habe.
Ja, ich weiß, dass du mich besser kennst als ich mich selbst.
Dann lasse ich es.
Gut, dass ich dich habe.
Ja, ich weiß, ich muss immer dankbar sein.
Dann lasse ich es.
Gut, dass ich dich habe.
Ja, ich weiß, ohne dich kriege ich nichts hin.
Dann lasse ich es.
Gut, dass ich dich habe.

Ja, ich weiß, das wäre unvernünftig.
Dann lasse ich es.
Gut, dass ich dich habe.
Ja, ich weiß, dass ich zu gutgläubig bin.
Dann lasse ich es.
Gut, dass ich dich habe.
Ja, ich weiß, dafür bin ich zu schwach.
Dann lasse ich es.
Gut, dass ich dich habe.
Ja, ich weiß, alleine schaffe ich nichts.
Dann lasse ich es.
Gut, dass ich dich habe.

Ja, ich weiß.
Ja, ich weiß.
Ja, ich weiß.

Doch nun bist du tot.
Wie konntest du mir das antun?
Was wird nun aus mir?
Was soll ich nun machen?
Ich weiß doch nichts.
Ich kann doch nichts.
Ich bin doch nichts.
Und deine Worte dröhnen in meinen Ohren:
„Ohne mich bist du ein Nichts!
Ohne mich bist du verloren!!

Mutter, warum hast du mich verlassen?

KAPITEL 13

Es gibt Menschen,
die sich sofort in den Schatten stellen,
wenn die Sonne scheint.

WAHRER FREUND

„Nun komm schon!",
lachte mich das Kind in mir an.
„Lass uns endlich auf den Spielplatz gehen."
Wie schon so oft zögerte ich.
„Ich weiß nicht."
Aber nun nahm mich das Kind
einfach an die Hand
und erinnerte mich:
„Du wolltest doch schon immer
wieder mal schaukeln, oder?
Schaukeln, rutschen, plantschen, johlen."
Vor lauter Feuer vergaß ich die Worte des Erwachsnen in mir.

WECHSELBAD

Und plötzlich geht das helle Licht aus,
und die wohlige Wärme entweicht.
Schwarze Kälte überzieht die Seele.
Engmaschige Netze beklemmen den Geist.

Denn nun feiern die dunklen Geister.
Du bist der Wirt für ihre Horrorshow.
Sie beschallen mit wummernden Stimmen.
Sie benebeln mit düsterem Schleier.
Sie verfärben mit höllischem Licht.

Sie vergiften mit bohrenden Fragen.
Aus Freude wird Beklommenheit.
Aus Zuversicht wird Hoffnungslosigkeit.
Aus Mut wird Verzagtheit.
Aus Vertrauen wird Misstrauen.
Aus Liebe wird Vorsicht.
Aus Gelassenheit wird Angst.

Ziehe den Stecker heraus,
und mache dem Geisterspiel ein Ende!

EINE LEBENSGESCHICHTE

Das war ihr Leben.
Zuerst spürte sie keine Liebe mehr.
Sie fühlte sich zunehmend unverstanden.
Sie meinte, anderen egal zu sein.
Dann empfand sie keine Freude mehr.
Sie konnte sich selbst nicht mehr leiden.
Sie sah nur noch das Negative.
Dann kam ihr die Trauer abhanden.
Sie war abgestumpft
und das Leben ein einziges Tief.
Niederlagen, Enttäuschungen und Verluste
waren für sie normal geworden.

Dann empfand sie keinen Schmerz mehr.
Sie war immun gegen alles,
was seelisch und körperlich weh tun konnte.
Sie hatte auf taub gestellt.
Sie war unempfindlich geworden.
Dann verlor sie ihre Ängste.
Sie sah in nichts mehr einen Sinn.
Sie lebte in ihrer eigenen Welt.
Die Welt um sie herum
verschwand im Nebel.

Aber eines Tages verspürte sie wieder Hoffnung.
Plötzlich sah sie ein Licht am Ende des Tunnels.
Plötzlich bemerkte sie eine starke Kraft in sich.
Plötzlich hatte sie ein Ziel.
Plötzlich fühlte sie sich befreit.
Endlich wieder frei.
Das war ihr Leben.

Als die anderen davon hörten,
hielten sie kurz inne,
schüttelten verständnislos den Kopf
und meinten lapidar:
„Das war doch sowieso kein Leben!"

KARTEN NEU GEMISCHT

Jetzt ist mir vieles klar.
Jetzt fügen sich viele Puzzleteile zusammen.
Jetzt passt alles in ein stimmiges Bild.
Vorher habe ich mir zwar auch viele Gedanken gemacht,
wir haben aber nie miteinander darüber geredet.
Ich hatte immer den Eindruck,
dass du mir aus dem Weg gegangen bist.
Aber ich habe einige Dinge mit wirklicher Sorge beobachtet.
Und in letzter Zeit immer häufiger und stärker.

Du wolltest immer länger schlafen
und meist bis zum Mittag im Bett bleiben.
Angeblich, weil du dich bei mir
endlich mal ausschlafen wolltest.
Wegen des vielen Stresses an der Uni.
Du wolltest nie über dich
und deine private Situation mit mir sprechen
und hast mich oft auf „demnächst" verwiesen.
Angeblich, weil du einfach mal richtig abschalten wolltest.
Du wolltest nicht mit mir
zu deinem früheren Lieblingsitaliener gehen,
obwohl ich dich einladen wollte.
Angeblich, weil du wichtige Mails zu checken hattest,
und für deine Arbeit nichts Wichtiges versäumen wolltest.

Du warst oft dünnhäutig, gereizt und rasch genervt
und hast dich dann in dein Zimmer verzogen.
Angeblich, weil dir zu viel durch den Kopf ging
und du deine Ruhe haben wolltest.
Du konntest nicht mehr so viel lachen wie früher
und sahst alles nur noch mit ernstem Blick.
Angeblich, weil du völlig angespannt warst
und nicht einfach auf Knopfdruck runterkommen konntest.
Du hattest deutlich an Gewicht verloren,
worauf andere mich häufig ansprachen, weil es jedem auffiel.
Angeblich, weil du ernährungsbewusster leben wolltest,
und eine andere Einstellung
zu den Tieren angenommen hättest.
Du hattest bei den Besuchen bei mir,
immer häufiger keine Lust
dich mit deinen alten Freunden aus der Clique zu treffen.
Angeblich, weil ihr nicht mehr viele Gemeinsamkeiten hättet
und du dir oft fremd vorkämst.
Du hattest kürzlich mit deiner Freundin Schluss gemacht,
obwohl ihr über Jahre vieles miteinander hingekriegt habt.
Angeblich, störte dich, dass sie ständig neue Ansprüche hatte,
dich und deine Arbeit nicht verstehen wollte.
Du warst immer weniger
an meiner persönlichen Situation interessiert,
hast nicht angefragt oder nachgefragt,
wenn ich etwas von mir erzählt habe.
Angeblich, weil du den Kopf nicht genügend
für andere frei haben konntest.
Du hattest deine früheren Interessen völlig vernachlässigt,
und viele Gelegenheiten einfach nicht genutzt.

Angeblich, weil dir die Zeit fehlt,
etwas außerhalb der Arbeit intensiv zu machen,
und weil du überdies künftig neue Schwerpunkte
in deinem Leben setzen wolltest.
Du hattest dein Äußeres deutlich vernachlässigt,
deine Haare, deine Kleidung, deine Hygiene.
Angeblich, weil du vor lauter Hektik und Stress
oft nicht dazu gekommen warst,
dich ausgiebig und täglich zu pflegen.
Du hattest oft nur noch lustlos
Zuhause herumgehangen,
nichts richtig angefangen oder zu Ende gebracht.
Angeblich, weil du bei der Arbeit
immer unter Erfolgsdruck standst,
und einfach mal selbstbestimmt
über deine Zeit verfügen wolltest.
Du warst in den letzten Monaten oft krank
und insgesamt krankheitsanfälliger als früher.
Angeblich, weil du in letzter Zeit
in der U-Bahn und an der Arbeit
mit vielen Leuten in Kontakt warst,
und die Ansteckungsgefahr dadurch erhöht war.
Du warst in den wenigen Gesprächen, die wir hatten,
oft abwesend und in Gedanken irgendwo anders.
Angeblich, weil dir wegen der Arbeit so viel durch den Kopf ging,
und du dann einfach nicht mehr richtig zuhören konntest.
Du hattest dich in letzter Zeit immer seltener gemeldet,
und sehr oft verabredete Kontakte nicht eingehalten.
Angeblich, weil dir viele unerwartete, aber wichtige Termine
dazwischengekommen waren, die du nicht absagen konntest.

Du hattest immer häufiger negative Zukunftsphantasien,
hast die Dinge immer gleich schwarzgemalt
und alles sofort negativ gesehen.
Angeblich, weil du viel über unsere Welt,
die vielen Ungerechtigkeiten
und die Fehler in der Politik nachgedacht hattest.
Du hattest immer seltener Zukunftspläne geäußert
oder wie früher ins Blaue hinein
Phantasien entwickelt.
Angeblich, weil du zwar viele Möglichkeiten gesehen hattest,
aber erst mal die aktuellen Aufgaben abwarten
und dann sortieren wolltest.
Irgendwie hattest du dich verändert,
warst in vielen Dingen nicht mehr
der junge Mensch von früher.
Angeblich, weil dir der Ernst des Lebens
bewusst geworden war,
und du dich neu aufgestellt hattest.

Du hattest für alles eine plausible Erklärung.
Du ließest keinen richtigen Zweifel aufkommen.
Manchmal hatte ich trotzdem ein ungutes Gefühl
und wollte dich ansprechen.
Ich hatte Angst, dir zu nahe zu treten,
dir etwas zu unterstellen, dir weh zu tun
und dich womöglich zu verprellen.
Vielleicht hatte ich aber auch Angst,
dass sich meine Vermutungen bestätigen.
Egal, jedenfalls haben wir beide wohl bewusst
den Kopf in den Sand gesteckt.

Jetzt würde ich über alles mit dir reden.
Nein, reden wollen.
Nein, reden müssen.
Ohne Wenn und Aber.
Ich würde mich nicht mehr abwimmeln
und vertrösten lassen.
Ich würde alle Masken herunterreißen.
Offen und ehrlich mit dir reden.
Aber jetzt ist es zu spät.
Die Würfel sind gefallen.
Die Schlinge, aus der man den Kopf nicht mehr befreien kann,
hat sich zugezogen.
Um deinen Hals.
Ich bin fassungslos.
Ich bin verzweifelt.
Ich bin voller Schuldgefühle.
Ich bin voller Selbstvorwürfe.
Ich möchte die Zeit zurückdrehen.
Ich möchte wissen, was ich falsch gemacht habe.
Ich muss Antworten finden auf die vielen Fragezeichen,
die du mir hinterlassen hast.
Ich stelle jetzt vieles infrage.
Mich. Dich. Uns.
Unsere gemeinsame Vergangenheit.
Unsere gemeinsamen Pläne.
Unser gemeinsames Miteinander.
Ich sehe dich immer vor mir.
Ich kann nicht mehr abschalten.

Alles dreht sich.
Mein Herz zerreißt.
Mein Verstand fährt Karussell.
Ratlos. Ergebnislos. Hilflos.

Heute weiß ich,
dass du schon seit langer Zeit am Ende warst.
Nicht mehr wolltest.
In vielen Dingen keinen Sinn mehr gesehen hast.
Dich abgekapselt hast, weil du dich nicht verstanden fühltest.
Heute weiß ich,
dass du voller Traurigkeit und Ohnmacht warst.
Schon lange ohne Hoffnung.
Lebensmüde.
Depressiv.
Ohne Perspektive.
Heute weiß ich es.
Aber heute ist es zu spät.

Heute klage ich.
Ich, die Waisenmutter.
Heute ist mir vieles klar.
Heute fügen sich viele Puzzleteile zusammen.
Heute passt alles in ein stimmiges Bild.
Aber es bleibt die elendige Frage:
WARUM, mein Sohn?

Wenn du nicht da bist,
fühle ich mich einsam und allein.
Ich kann kaum den Augenblick erwarten,
wenn du nach Hause kommst.
Dann bin ich für kurze Zeit
glücklich und erleichtert.
Aber es dauert nie lange,
bis ich mich wieder einsam und alleine fühle.
Alleine mit dir.
Allein gelassen von dir.
Du hast nie Zeit für mich.
Du lebst nur für dich.
Für dich alleine.
Ich bin immer erschrocken,
dass ich mir, wenn du da bist,
nach kurzer Zeit wünsche,
dass du hoffentlich bald wieder weg bist.
Ich möchte lieber alleine sein.
Wenn du dann fort bist,
bin ich für kurze Zeit erleichtert und glücklich.
Ich fühle mich wie befreit.
Von falschen Hoffnungen
und tiefen Enttäuschungen.
Dieses Alleinsein ist anders als jenes Alleinsein.
Aber nach kurzer Zeit
fühle ich mich wieder einsam und allein.
Dann werde ich den Gedanken nicht los,
dass unser Miteinander nur ein böses Missverständnis ist,
und beim nächsten Mal alles endlich anders wird.

Dann hoffe ich wieder.
Dann hoffe ich immer.
Dann sehne ich mich wieder.
Dann sehne ich mich immer.
Dann leide ich wieder.
Dann leide ich immer.
Und ich fühle mich einsam und alleine,
wenn du nicht da bist.

MUTTERLIEBE

Deine Zunge ist schwarz und eitrig vom Gehöhne.
Dein Herz schlägt im Gewehrsalventakt.
Deine Augen sind blind vor Hass.
Deine Seele ist verroht.
An deinen Händen klebt Blut.
Du fühlst dich mächtig und stark.
Nichts ist infragegestellt.

Deine Mutter war voller Liebe und Hoffnung,
als sie dich freigab.
Nun ist ihr Herz voller Schmerz.
Nun ist ihre Zunge taub vom Gestöhne.
Nun sind ihre Augen blind vor Verzweiflung.
Nun zittern ihre Hände beim Gebet.
Und sie schämt sich, Leibesfrucht.

Und sie quält sich, Leibesfrucht,
und fragt sich:
„Was habe ich falsch gemacht?"

Das ist deine Mutter,
und sie ist
mutterseelenallein.

PERPETUUM MOBILE

Die Arbeit ist getan.
Der Auftrag voll erledigt.
Die Waffen können abkühlen.
Die Häuser sind zerstört.
Die Opfer sind gemacht.
Die Erde rot und aschegrau.
Die Söldner polieren feixend die Trophäen.
Die neuen Herren zeigen sich
reich dekoriert in ihrem Machtgewand.
Irgendwie sind sie nicht gänzlich unbekannt,
und mancher feiert Wiederauferstehung.
Jedoch wird sogleich die Geschichte wieder neu geschrieben.
Die alten Statuen und Bilder sind zerstört.
Die Künstler liefern neue Machtsymbole.
Der Krieg geht in die nächste Runde.

Und die Interessen begeben sich in Lauerstellung,
denn sofort geht es in die nächste Schlacht.
Die Verteilungskämpfe sind eröffnet,
denn die schmutzigen, gierigen Hände fordern
und wollen sich den Triumph versilbern.
Auch der Friedenskrieg hat immer seine Profiteure,
denn die unsichtbaren, dunklen Kanäle blieben unbeschädigt.
Die Seilschaften hingen geduldig wartend
an ihren Karabinerhaken.
Der Wiederaufbau lockt die vertrauten, korrupten Mächte an.
Rasch füllen sich die geschmierten Auftragsbücher.
Natürlich erhält auch die Humanität Beachtung,
denn auch bei der Verarbeitung des Leids
winken allzeit prächtige Gewinne,
wenn der schuldgeplagte Weltgeist Beitrag spendet,
und stets großzügig Almosen verteilt.

Nun denn, voran!
Es gibt nicht nur viel zu tun,
sondern auch sehr viel zu verdienen.
Und eines ist gewiss:
Nach dem Krieg ist immer wieder vor dem Krieg.
Die alten Schablonen werden lediglich neu beschriftet.
Und das für tot erklärte Perpetuum mobile existiert
und fährt unentwegt im Kreise Geisterbahn.
Die Fahrkarten, bitte!

FRAGESTELLUNGEN

Ich will keine Angst mehr haben.
Ich will nicht immer nur die Schwierigkeiten
und Probleme sehen.
Ich will nicht mehr abblocken,
wenn es um Neues geht.
Ich will mir nicht mehr immer
den Wind aus den Segeln nehmen,
und mich klein denken.
Ich will nicht mehr automatisch
meine Bereitschaft im Keim ersticken.
Ich will nicht meine Defizite
in den Mittelpunkt stellen und mich minderwertig fühlen.
Ich will nicht mehr direkt Gedanken an mein mögliches Versagen
vergeuden, und den Rückzug antreten.
Ich will nicht immer ausschließlich von meinen Vorurteilen
geleitet sein und die Schotten dicht machen.

Ich will neugierig sein.
Ich will mich erproben.
Ich will an mich glauben.
Ich will mich motivieren.
Ich will meine Stärken nutzen.
Ich will meine brach liegenden Fähigkeiten testen.

Ich will neue Perspektiven einnehmen.
Ich will mich und die Angebote neu betrachten.
Wenn ich Schmerzen habe, will ich mich fragen:
Was will mir mein Körper sagen?

Wenn ich Zweifel spüre, will ich mich fragen:
Wozu kann das gut sein?
Wenn ich unentschlossen bin, will ich mich fragen:
Was kannst du hier neu lernen?
Wenn ich nur nach Nachteilen suche, will ich mich fragen:
Was aber sind aber auch die Vorteile?
Wenn ich den Überblick verloren habe, will ich mich fragen:
Was ist für dich wirklich wichtig?
Wenn ich den Druck von außen spüre, will ich mich fragen:
Worum geht es eigentlich wirklich für mich?

Ich will endlich die aktuellen Chancen für mich sehen.
Ich will in einen neuen Dialog mit mir treten.
Ich will mir Mut machen
und mir sagen:
Du bist endlich zum Glück gezwungen, also nutze die Chance!
Ich will mir Mut machen
und mir sagen:
Das ist ein wunderbarer Wink des Schicksals, also packe es an!
Ich will mir Mut machen
und mir sagen:
Das ist die Gunst der Stunde, also lege los!

Ich will endlich Optimist sein.
Ich will anpacken.
Ich will lernen.
Ich will leben!

ERZÄHLUNGEN

Es gab eine Zeit,
da schmeckten die Gurken wie Gurken.
Und es gab Tag und Nacht.
Und es gab Sommer und Winter.
Und die Menschen liebten sich wie Menschen.

VERMUTUNGEN

Wer das Wort „schlendern" nicht kennt,
wird nie schlendern.
Wer das Wort „Liebe" nicht kennt,
wird nie lieben.
Wer das Wort „Frieden" nicht kennt,
wird unentwegt Waffen bauen.
Wer das Wort „Angst" nicht kennt,
wird früh sterben.

ENTSCHEIDUNG

Es ist meine Lebenszeit.
Meine einzigartige Lebenszeit.
Meine begrenzte Lebenszeit.
Ich setze endlich Grenzen.
Es ist an der Zeit.

ERFOLGSREZEPT

Der erfolgreiche Kindertyrann
operiert mit zwei Sätzen:
„Ich will aber!“ und
„Du sollst aber!“.
Widerfährt ihm dennoch Widerspruch
nimmt er sofort die Prinzenrolle sein.
Weiblich oder männlich.
Egal.
Jedes „Nein“ wird zur Majestätsbeleidigung.

GLÜCKSAKZENTE

In nicht mehr ferner Zukunft werden
geschätzt nur noch zehn Prozent
der Menschen einer Arbeit nachgehen.
Wer ist dann glücklicher?
Derjenige,
dem ohne einen arbeitsbezogenen Gegenwert
ein festes Grundeinkommen zugestanden wird
oder derjenige,
der jeden Tag zur Arbeit geht
(gehen muss, gehen soll, gehen darf)?

Wird es einen Kampf um Arbeit
oder um Freizeit geben,
um glücklich zu sein?

Das positive Echo ist verloren gegangen.
Der Resonanzboden ist gerissen.
Das Echo ist der Helligkeit beraubt
und darf nur noch im Verborgenen hallen.

Nur noch Keulenschwinger sind unterwegs.
Fehler anderer kosten sie genüsslich aus
und hauen gnadenlos drauf.
Nur noch Hahaher sind unterwegs.
Sie beschämen unverfroren
und rühren lautstark die Trommeln.
Nur noch Bösewichte sind unterwegs.
Sie drohen unverhohlen
und warten auf den günstigen Moment.
Nur noch Missgünstlinge sind unterwegs.
Sie beschmutzen unablässig
und verfärben den Regenbogen.

Fehlerecho.
Schadensfreudeecho.
Hassecho.
Neidecho.

Das positive Echo ist verloren gegangen.

MUNDLEGER

Eine Mutter zu ihrem Kind.
„Dich und den Ball und die Tasche tragen
wird schwierig."

Frage: Was wird das Kind wohl vorschlagen?

UNSICHTBARES

Ich komme mir wie Luft vor,
wenn ich Menschen begegne.
Sie scheinen mich nicht zu sehen,
denn ich bemerke keine Blicke.
Sie scheinen durch mich hindurch zu sehen,
denn ich bemerke keine Resonanz.
Sie scheinen keine Notiz von mir zu nehmen,
denn ich bemerke kein Interesse.
Ich habe anscheinend eine Tarnkappe auf.

Aber dennoch komisch!
Wenn ein anderer nämlich in Notlage ist
und mich braucht,
bin ich plötzlich sichtbar.

Und wieder komisch!
Wenn die missliche Lage beim anderen wieder vorbei ist,

bin ich plötzlich erneut unsichtbar.
Ich habe anscheinend wieder eine Tarnkappe auf.

Irgendwie komisch!
Denn ich selbst besitze keine Tarnkappe.

FEHLEINSCHÄTZUNG

Es gibt Menschen,
die im Leben viele Krisen und existentielle Herausforderungen
zu bestehen hatten,
und nicht wirklich merken, wie stark sie eigentlich sind.
Und es gibt Menschen,
die meinen, sie seien stark,
ohne jemals mit Krisen und existentiellen Herausforderungen
konfrontiert gewesen zu sein.
Beide haben Selbstwertprobleme!

LOTTERIE

In der Lostrommel des Lebens liegend
wartet meine Kugel darauf, gezogen zu werden.
Natürlich nur bei Glücksverteilungen.

KAPITEL 14

Nirgendwo
geht mir so viel durch den Kopf
wie beim Blick in den Spiegel.

BEGEGNUNG IM JAHRE 2028

Person 1 Wir steuern auf eine Welt zu, in der man stark sein muss, um zu überleben. Wer nicht stark ist, wird verlieren. Wer nicht zuerst zuschlägt, wird nicht mehr gewinnen können.

Stärken sind also gefragt. Vor allem die sogenannten Losigkeiten: Rücksichtslosigkeit, Maßlosigkeit, Gewissenlosigkeit, Skrupellosigkeit, Respektlosigkeit, Verantwortungslosigkeit, Mitleidslosigkeit, Gnadenlosigkeit, Gefühllosigkeit, Wurzellosigkeit, Erbarmungslosigkeit, Verständnislosigkeit, Lieblosigkeit, Heimatlosigkeit. Und dann noch die anderen wie beispielsweise Feindseligkeit, Eigensinnigkeit, Niederträchtigkeit, Hinterhältigkeit, Unaufrichtigkeit, Unersättlichkeit.

Person 2 *Wie soll eine solche Welt bestehen können? Sie ist doch für alle bedrohlich und unmenschlich.*

Person 1 Diese künftige Welt besteht immer und überall aus Misstrauen, Rivalität, Kampf und Krieg. Es gibt keinen Frieden, nur Ruhephasen zwischen dem Bekriegen. Und die sind lediglich intensive Ausheckphasen. Die Menschen leben in ständiger Unruhe und Unzufriedenheit, fühlen sich immer und überall von allen anderen bedroht, sind rund um die Uhr gereizt und aggressiv. Sie leben nach dem bekannten Motto „Angriff ist die beste Verteidigung". Sie sind wie das Meer ständig in Bewegung. Sie wollen alles verschlingen. Alles zerstören.

Person 2 *Und wie steht es mit menschlichen Eigenschaften wie Anteilnahme, Mitleid, Einfühlungsvermögen, Anerkennung, Lob, Freundlichkeit, Höflichkeit, Entgegenkommen, Dankbarkeit, Verzeihen, Demut, Genügsamkeit, Bescheidenheit, Großzügigkeit?*

Person 1 Das sind alles erbärmliche Schwächen, mit denen man niemals überleben kann. Man wird sofort leichte Beute für die Starken.

Person 2 *Und wie ist es mit der Liebe?*

Person 1 Liebe ist schädlich. Sie macht träge, müde und satt. Durch sie geht der finale Biss verloren. Liebe ist also völlig überflüssig. Sieger suchen nicht nach Liebe, sondern nach Opfern. Sieger wollen keine Anerkennung, sondern Macht. Sieger wollen keinen Besitz, sondern Beute. Sieger wollen keine Freunde, sondern Feinde.

Person 2 *Alle Menschen sind so?*

Person 1 Alle. Zwischen allen Menschen herrscht Misstrauen, Konkurrenz und Krieg. Zwischen Mann und Mann.

Zwischen Frau und Frau. Zwischen Mann und Frau. Zwischen alt und jung. Zwischen alt und alt. Zwischen jung und jung. Alle befinden sich im ständigen Belauern und im ständigen Kampf. Immer auf der Suche, beim anderen eine Schwäche zu entdecken, um ihn zu vernichten. Jeder will eben Sieger sein.

Person 2 *Aber wenn sie partnerschaftlich nichts mehr miteinander zu tun haben, sondern sich nur noch gegenseitig vernichten wollen, stirbt die Menschheit doch aus!*

Person 1 Das wird wohl so sein, dass irgendwann nur ein letzter Starker überlebt. Wahrscheinlich wird er völlig frustriert sein, wenn er feststellt, dass es keinen Feind mehr gibt. Er wird elendig sterben. Vielleicht wird er sich selbst als letzten Feind bekämpfen, weil er nicht mehr weiß, wohin er mit seiner zerstörerischen Energie soll.

Person 2 *Das klingt sehr traurig. Aber ich bin froh und beruhigt, wenn die Menschheit dieses Ende findet. Eigentlich sind das ja keine Menschen mehr, sondern gefühllose Bestien.*

TAUSCHGESCHÄFTE

Den einen war alles recht, was billig war.
Den anderen war alles recht und teuer,
was den einen billig war,
und sie waren deshalb sehr großzügig.
Sie machten schlechtes Fleisch billig.
Sie machten schlechten Wein billig.
Sie machten schlechtes Leben billig.
Sie machten schlechte Wünsche billig.
Und vieles mehr.
Und insgeheim lächelten sie fortwährend
über die Dummheit der Billignehmer,
denn diese hatten die billigen Angebote
immer teuer zu bezahlen.
Und sie freuten sich diebisch,
denn später konnten sie bei all dem selbst billig zugreifen,
was für die einen inzwischen recht und teuer geworden war:

LEBENSLAGEN

Ich könnte nach oben, aber ich kann nicht.
Ich kann nicht nach oben, aber ich könnte.
Ich will nach oben, aber ich kann nicht.
Ich will nach oben, aber ich könnte nicht.
Ich will nach oben, aber ich will nicht.
Ich will nicht nach oben, aber ich könnte.
Ich will nicht nach oben, aber ich kann.

Ich kann nicht nach oben, aber ich will.
Ich könnte nach oben, aber ich will nicht.
Ich müsste nach oben, aber ich kann nicht.
Ich müsste nach oben, aber ich will nicht.
Ich muss nach oben, aber ich kann nicht.
Ich muss nach oben, aber ich will nicht.
Ich müsste nach oben, aber ich muss nicht.
Ich will nicht nach oben, aber ich muss.
Ich will nicht nach oben, aber ich müsste.
Ich will nach oben, aber ich muss nicht.

EWIGES MITEINANDER

Farbe, Größe, Form, Aussehen, Geschlecht
sind schöpferische Ideen Gottes
und entstammen seinem Atelier.
Jede Variante hat ihren eigenen, unverwechselbaren Anteil
am göttlichen Kunstwerk.

AUF DER SUCHE

Mensch, ich suche dich.
Ich suche dich, dich mit deiner Loyalität.
Ich suche dich, dich mit deiner Offenheit.
Ich suche dich, dich mit deiner Ehrlichkeit.
Ich suche dich, dich mit deinem Vertrauen.
Ich suche dich, dich mit deiner Leichtigkeit.
Ich suche dich, dich mit deiner Freundlichkeit.
Ich suche dich, dich mit deiner Menschlichkeit.
Ich suche dich, dich mit deiner Großherzigkeit.
Ich suche dich, dich mit deinem Gottvertrauen.
Ich suche dich, dich mit deinem Einfühlungsvermögen.
Ich suche dich, dich mit deiner Zuverlässigkeit.
Ich suche dich, dich mit deiner Natürlichkeit.
Ich suche dich, dich mit deiner Fröhlichkeit.
Ich suche dich, dich mit deiner Redlichkeit.
Ich suche dich, dich mit deiner Zuversicht.
Ich suche dich, dich mit deiner Nachsicht.
Ich suche dich, dich mit deinem Weitblick.
Ich suche dich, dich mit deinem Humor.
Ich suche dich, dich mit deiner Treue.
Ich suche dich, dich mit deiner Güte.
Ich suche dich, dich mit deiner Nähe.
Ich suche dich, dich mit deiner Liebe.

Mensch, ich suche dich.
Ich suche und suche.
Bisher vergebens.
Nicht mal beim Blick in den Spiegel
konnte ich den Menschen entdecken,
den ich suche.
Ich bin verzweifelt.
Was ist nur los?

HORRORVORSTELLUNGEN

Alt.
Arm.
Allein.
Alt – Arm – Allein.

Ausgegrenzt.
Abgehängt.
Ausgedient.
Ausgegrenzt – Abgehängt – Ausgedient.

Alt – Arm – Allein.
Ausgegrenzt – Abgehängt – Ausgedient.

Sinnleere.
Lebensmüdigkeit.
Todessehnsucht.
Sinnleere – Lebensmüdigkeit – Todessehnsucht.

Alt – Arm – Allein.
Ausgegrenzt – Abgehängt – Ausgedient.
Sinnleere – Lebensmüdigkeit – Todessehnsucht.

Tot.
Vergessen.
Zerstaubt.
Tot – Vergessen - Zerstaubt.

Alt – Arm – Allein.
Ausgegrenzt – Abgehängt – Ausgedient.
Sinnleere – Lebensmüdigkeit – Todessehnsucht.
Tot – Vergessen - Zerstaubt.

Leben.
Tod.
Wofür?
Leben – Tod – Wofür?

Alt – Arm – Allein.
Ausgegrenzt – Abgehängt – Ausgedient.
Sinnleere – Lebensmüdigkeit – Todessehnsucht.
Tot – Vergessen - Zerstaubt.
Leben – Tod – Wofür?

ALTER MENSCH

Niemand da zum Reden.
Niemand da zum Zuhören.
Niemand da zum Schweigen.
Niemand da zum Leben spüren.
Das Alleinsein frisst sich durch die Zeit.
Selbst Selbstgespräche verlieren sich.
Ich höre mich nichts mehr sagen.
Ich habe nichts mehr zu sagen.
Ich kann nichts mehr sagen.
Ich sage mir nichts mehr.
Die Worte entfliehen.
Ich werde sprachlos.

Nichts mehr da zum Meinen.
Nichts mehr da zum Wägen.
Nichts mehr da zum Reiben.
Nichts mehr da zum Träumen.
Die Gedanken verkümmern.
Ich werde gedankenlos.

Nichts mehr da zum Lieben.
Nichts mehr da zum Freuen.
Nichts mehr zum Weinen.
Nichts mehr da zum Schwingen.
Die Gefühle verblassen.
Ich werde sinnlos.

Mir fehlen die Worte.
Mir fehlen die Gedanken.
Mir fehlen die Gefühle.
Entleerung. Leere. Löschung.
Einsamkeit.
Mein Verstand gibt auf.
Meine Seele stirbt.
Mein Herz bricht.

Ich vermoore.

BETRACHTUNGEN

Derjenige, dem es heute gut geht,
den keine existentiellen Ängste und Sorgen plagen,
der keine Schmerzen zu beklagen hat,
der sich körperlich, geistig und seelisch wohlfühlen darf
und der mit Zuversicht in die Zukunft schaut,
kann davon ausgehen,
dass er in der Vergangenheit
eher vernünftige Entscheidungen getroffen hat
und es das Schicksal gut mit ihm meinte.
Was will er mehr!

Derjenige, dem es heute gut geht,
den keine existentiellen Ängste und Sorgen plagen,
der keine Schmerzen zu beklagen hat,
der sich körperlich, geistig und seelisch wohlfühlen darf
und mit Zuversicht in die Zukunft schauen,
und davon ausgehen kann,
dass er in der Vergangenheit
eher vernünftige Entscheidungen getroffen hat,
es das Schicksal gut mit ihm meinte,
der aber trotzdem mit der Vergangenheit hadert
und in der Rückschau mit vielen Verläufen unzufrieden ist,
sollte endlich seinen Blickwinkel verändern.
Denn, was will er mehr? Mehr?

Wenn schon mehr,
dann wäre
mehr Demut und Dankbarkeit angesagt!

KLARE SACHE

Eines steht sicher und unbestritten fest:
Wer über seine schlimme Vergangenheit klagt,
sollte nicht vergessen,
dass er sie im Gegensatz zu vielen anderen,
überlebt hat.
Ergo?

STILLER WUNSCH

Ich will nichts sagen.
Ich will nichts hören.
Ich will nicht reden.
Ich will nicht zuhören.
Ich will nicht überlegen.
Ich will nicht kommentieren.
Ich will keine Antwort finden müssen.
Ich will einfach meine Ruhe.

Ich will nichts sagen.
Ich habe nichts zu sagen.
Ich will nichts zu sagen haben.
Ich will nichts zu Dingen sagen müssen,
die mich nicht interessieren.
Ich will nicht mit Menschen reden müssen,
die mir nichts bedeuten.
Ich will keinen Small Talk
und schon gar nicht mit jedem.
Ich will einfach meine Ruhe.

Ich will keinen Kontakt
mit Marcel, der immer nur über Autos redet.
Mit Verena, die immer nur über ihre Nachbarn tratscht.
Mit Dirk, der immer nur über seine Arbeit jammert.
Mit Linda, die überall nur Gefahren und Krankheiten wittert.
Mit Michael, der immer nur Witze erzählt.
Mit Frieda, die keinerlei Spaß verträgt.
Mit Holger, der immer nur über die Politiker schimpft.

Mit Klara, die immer nur über den Kindergarten meckert.
Mit Franz, der in allem und jedem immer nur das Schlechte sieht.
Mit Helen, die sich nie mitfreuen kann und voller Neid ist.
Mit Fred, der immer nur von sich redet.
Mit Justus, der immer nur von seinen Urlauben erzählt.
Mit Ralf, der keinerlei Kritik verträgt.
Mit Kathrin, die immer in Weltuntergangsstimmung ist.
Mit Hans, der immer nur über seine Frau lästert.
Mit Markus, der immer nur schwafelt und nie zu Potte kommt.
Mit Doris, die mich immer nur ausfragen will.
Mit Kai, der immer gleich alles persönlich nimmt.
Mit Karla, die immer so laut redet.
Mit Jens, der nie etwas kapiert.
Mit Nina, die immer alles besser weiß.
Mit Carlo, der einen nie ausreden lässt.
Mit Rosi, die sich immer und überall ungefragt einmischt.
Mit Peter, der immer so viel Nichtssagendes sagt.
Mit Luzia, die immer mit der Wahrheit auf Kriegsfuß steht.
Mit Paul, der einem immer das Wort im Mund rumdreht.
Wann immer ich diesen Leuten
aus dem Weg gehen kann,
tue ich das.
Wann immer ich den Kontakt
zu diesen Leuten beschränken kann,
tue ich das.
Ich will einfach meine Ruhe.

Ich mag keine Tischkärtchen.
Ich will mich hinsetzen, wo ich will.

Ich mag keinen Gruppenzwang.
Ich will tun und lassen, was ich will.
Ich mag keine ständige Besserwisserei.
Ich will alles so machen, wie ich es will.
Ich will keinen Redezwang.
Ich will dann etwas sagen, wann ich es will.
Ich mag keine Scheinharmonie.
Ich will mit denen meine Zeit verbringen,
die mir am Herzen liegen.
Ich mag keine künstlichen Problemdiskussionen.
Ich will das als wichtig ansehen,
was mich wirklich beschäftigt.
Ich hätte viel zu sagen.
Ich könnte viel sagen.
Ich will aber nichts sagen.
Ich will auch nicht reden.
Ich will auch nichts von mir erzählen.
Ich will einfach meine Ruhe.

Ich will meine Ohren
nicht für alles und jeden und allzeit
zur Verfügung stellen
Ich will kein Interesse heucheln.
Weder für bestimmte Menschen noch deren Themen.
Ich will meine Nischen.
Ich meine Stillekammern.
Ich will meine Abschalträume.
Ich will meine Sendepause.
Ich will meine Funkstille.

Ich will meine Sprechpausen.
Ich will meine Zuhörpausen.
Ich will meine Mitfühlpausen.
Ich will meine Schweigemeditation.
Ich will Ruhe für Körper, Seele und Geist.
Ich will ungestört sein.
Ich will auftanken.
Ich will einfach meine Ruhe.

Ich will mir einfach meinen stillen Wunsch erfüllen.

WARTESTAND

Die Fanfaren und Trommeln sind bereit.
Die Mannschaft ist vollzählig.
Der Platz ist hergerichtet.
Alles ist bestens in Schuss.
Nun fehlt nur noch der Richterspruch.

ILLUSION

Ist der Käfig,
in dem ich mich befinde,
in Wirklichkeit
nur ein kleiner Raum von vielen
in einem großen Käfig?
In einem Käfig mit unsichtbaren Gittern?
Gehe ich also,
wenn die Käfigtür offensteht,
und ich meinen Raum verlasse,
gar nicht in die Freiheit,
sondern nur in einen neuen Käfig?
In einen Raum, der mich verführen
und in Sicherheit wiegen soll?
Ist also alles nur ein Täuschungsmanöver?
Werde ich niemals wirklich frei sein können?
Bin ich dazu verdammt,
ein Gefangener zu sein?

GLÜCKLICHES ZUSAMMENSPIEL

Die Naturkatastrophe
forderte unzählige Tote und Vermisste.
Manchmal schuf aber auch
die Gunst der Stunde zusätzliche Opfer.

GESPRÄCHSKULTUR

Was ist nur los?
Warum kriegt man auf einfache Fragen
keine einfachen Antworten mehr?
Nur ein „Ja" oder „Nein" oder eine präzise Angabe?
Was ist nur los?

„Was kostet der Eintritt?"
„Das steht hier neben auf der Liste?"

„Haben Sie Zitronenlimonade?"
„Schauen Sie auf die Getränkekarte!"

„Fährt dieser Bus zum Hauptbahnhof?"
„Woher soll ich das wissen?"

„Wissen Sie, wo es zur Einkaufsmeile geht?"
„Ich bin nicht von hier!"

„Gehört das Auto Ihnen?"
„Weshalb wollen Sie das wissen?"

„Weshalb wollen Sie das wissen,
weshalb ich das wissen will?"

„Weshalb wollen Sie das wissen?"
weshalb ich das wissen will,
weshalb Sie das wissen wollen?"

„Weshalb wollen Sie das wissen,
weshalb ich das wissen will,
weshalb Sie das wissen wollen,
weshalb ich das wissen will?"

Das kann so weitergehen –
bis zur Aggression.

Soll menschliche Kommunikation
künftig so aussehen?

SITZPLÄTZE

Der eine sitzt vor dem Bildschirm.
Der andere vor seinen Hausaufgaben.
Der eine sitzt im Whirlpool.
Der andere im Wartezimmer.
Der eine sitzt in der Sitzung.
Der andere sitzt beim Frühstück.
Der eine sitzt im Gefängnis.
Der andere sitzt in der Prüfung.
Der eine sitzt am See.
Der andere sitzt vor Gericht.
Der eine sitzt im Auto.
Der andere sitzt auf dem Gipfel.
Der eine sitzt am Sterbebett.
Der andere sitzt beim Nachbarn.
Der eine sitzt etwas aus.
Der andere sitzt am gedeckten Tisch.
Der eine sitzt in der Falle.
Der andere sitzt auf dem heißen Stuhl.
Der eine sitzt im Trockenen.
Der andere sitzt in der Klemme.
Der eine sitzt vor einem Scherbenhaufen.
Der andere sitzt im goldenen Käfig.
Der eine sitzt in der ersten Reihe.
Der andere sitzt im Schatten.
Der eine sitzt im gemachten Nest.
Der andere sitzt am Lagerfeuer.
Der eine sitzt beim Standesamt.
Der andere sitzt Probe.

Der eine sitzt auf hohem Ross.
Der andere sitzt in der Grube.
Der eine sitzt auf heißen Kohlen.
Der andere sitzt auf den Lorbeeren.
Der eine sitzt im Rollstuhl.
Der andere sitzt den Hund.

KONTRASTERFAHRUNGEN

Zuhause bin ich nicht ICH.
Zuhause bin ich MIR fremd.
Ich bin nur ich, nicht ICH.
Ich bin nur ich,
wie ich immer bin
und wie ich immer sein sollte.
Und weiterhin sein soll.
Ich bin so, wie andere mich kennen
und immer so,
wie andere mein ICH erwarten.
Mein wahres ICH bleibt verborgen.
Mein wahres ICH bleibt ungelebt.

Unter Fremden kann ich mein ICH sein.
ICH zerreiße die feinfaserigen Netze.
ICH durchschneide die unsichtbaren Fäden.

ICH verfremde die niedermachenden Flüsterfrequenzen.
ICH zerstöre die abgewetzten Schablonen.
ICH lege die schnürenden Korsettstangen ab.
ICH betrete uneingeschränkt die neue Bühne.
ICH zeige mich und experimentiere.
Mit meinen geheimen Wünschen.
Mit meinen verborgenen Talenten.
Mit meinen eingekerkerten Möglichkeiten.
Ohne blockierende Angst.
Ohne bleierne Vorurteile.
Ohne fordernde Vorgaben von außen.
Ohne lästige Zweifel.
Ohne ständige Rücksichtnahmen.
Voller perlender Neugier.
Voller artistischem Vertrauen.
ICH spüre mich.
Mein wahres ICH.
ICH streife endlich die elendigen Fesseln ab.
ICH vernichte den falschen Stempel.
ICH merke, dass mein ICH kann.
ICH merke, dass man mein ICH mag.
ICH bin okay, wie ICH bin.

Eine Scheinwelt bricht zusammen.
Ein völlig neuer Horizont tut sich auf.
Der Zerrspiegel ist endlich zertrümmert.
Die Souffleure schreien ohne Stimme.
Die Puppenspieler hantieren ohne Fäden.
Die Schnitzer schneiden ohne Holz.

ICH bin mir in der Fremde nahe gekommen.
ICH kehre nach Hause in die Fremde zurück,
denn Zuhause muss ich wieder so sein,
wie ich bin.
Also, wie ICH nicht bin.
Aber ICH will fortan ICH sein.
Nichts soll wieder so sein wie früher.
ICH bin mir nahe.
ICH bin den anderen Zuhause ein Fremder geworden.
Zuhause ist mir fremd geworden.
Aber ICH bin ICH.

Endlich frei.

KÖNNER

Alleskönner.
Wirklich?
Den gibt es nicht!
Nichtskönner.
Wirklich?
Den gibt es nicht!
Mehr-und-weniger-Könner.
Wirklich?
Den gibt es.
Und nur den!

KOMPLIZIERTES

Man sollte sich
über die gefährliche Botschaft im Klaren sein,
wenn jemand sagt:
„Du kannst gehen!"
Viele Rücken belegen diesen Hinweis

NETZWERKE

Es ist nicht leicht,
dem Alltag zu entfliehen,
wenn man zu eng vernetzt ist.

KAPITEL 15

Der weise Mann sprach leise und ermutigend:
„Auf den brach liegenden Feldern,
auf den unbeschriebenen weißen Blättern
und in dem langen Weilen der Zeit
liegt der wahre Reichtum des Lebens:
Nutze sie und lasse die verborgenen Schätze
sichtbar werden!“

KONTAKTVERLUST

Hallo Welt!
Wo bist du?
Wie tickst du?
Wie fühlst du dich an?

Hallo Welt!
Irgendetwas steht zwischen uns.
Ich kann dich nicht richtig spüren.
Ich habe den Kontakt zu dir verloren.
Meine Füße sind versohlt.
Ich spüre den Untergrund nicht mehr.
Mir ist der die Bodenkontakt verwehrt.
Meine Haut ist verkleidet.
Ich spüre die Aura nicht mehr.
Mir ist Nähe und Geborgenheit genommen.
Meine Sprache ist einkanalig.
Ich höre die Menschen nicht mehr.
Ich bin der allumfassenden Kommunikation beraubt.
Ich spüre überall Distanz.

Hallo Welt!
Ich bin in dir,
aber gleichzeitig draußen.
Ich suche dich.
Ich brauche dich.
Ich vermisse dich.

Hallo Parallelwelt!
Hallo Scheinwelt!
Euch will ich nicht,
auch wenn ihr mir übergestülpt werdet!
Euch will ich nicht,
denn noch merke ich,
dass ihr mir meine Welt rauben wollt.
Noch!

MASKENMANN

Ich war ständig hin- und hergerissen,
aber jetzt hab' ich die Masken weggeschmissen.
Sie waren viel zu viel.
Jetzt liegen alle auf dem Müll.

Ich will mich endlich erleben,
ohne Fesseln auf den Wegen.
Ohne ständig mich zu fragen,
was wohl andere über mich sagen.

Ich spür in mir viel Ungelebtes,
oftmals heimlich Angestrebtes.
Ich sehe plötzlich meine Ziele,
und merke, wie stark ich mich nun fühle.

Zwar stehe ich jetzt seelisch nackt,
aber mich hat die Zuversicht gepackt,
dass ich den Zweifel aus mir treibe,
wenn ich ganz standfest bei mir bleibe.

Im Spiegel seh´ ich nie mehr Fratzen,
die sich verbergen hinter Masken.
Ich sehe mich, so wie ich bin.
Ich sehe mich, ich sehe Sinn.

Ich will meinen Kurs alleine lenken,
nicht mehr denken, was die andern denken.
Ich schöpfe fortan aus meinem Vollen,
die anderen sollen machen, was sie wollen.

PARADOXES

„Man muss immer einen kühlen Kopf bewahren!",
schrie er laut und empört.
Alle hielten inne, aber keiner verstand ihn.

TAKTVOLLER

Wie herrlich befreiend ist es,
sein eigener Taktierer zu sein.
Nicht nur bei der Taktik,
sondern auch bei der Taktgebung.

FRAGE DER PERSPEKTIVE

„Nichts geht über einen soliden Immobilienbesitz!",
schleimte stolz die Weinbergschnecke.
„Gut, aber wer nichts hat,
muss nicht viel mit sich herumschleppen",
konterte schlagfertig die Nacktschnecke.
„Häuschen hin, Häuschen her", sabberte der Igel.
„Nicht der Besitz ist euer Problem, sondern das Tempo."
Und danach ließ er es sich gut schmecken.

HOHER PREIS

Auf die Gier folgt der Frust
beim Anonymitätsverlust.
Ruhm und Glamour fordern ihren Preis.
Hinterher ist es sehr schwer,
denn Verstecken geht nicht mehr.
Beim Chirurgen laufen Drähte heiß.

KURZDIALOG

„Wie geht es?“, wurde der Einbeinige gefragt.
„Mal so, mal so“, war seine Antwort.
„Dann geht es ja“, schloss der Frager die Runde.

NOMEN EST OMEN

Kann jemand hässlich sein, der Schön heißt?
Kann jemand groß sein, der Klein heißt?
Kann jemand unglücklich sein, der Felix heißt?
Kann jemand schlank sein, der Dick heißt?
Kann jemand alt werden, der Jung heißt?
Kann jemand arm sein, der Reich heißt?
Kann jemand gut sein, der Schlecht heißt?
Kann jemand traurig sein, der Fröhlich heißt?
Kann jemand demütig sein, der Herr heißt?

HÄNSCHEN UND HANS

Kleine Kinder schreien.
Ihnen fehlen die Worte,
aber sie erkennen rasch,
wie sie durch Schreien
ans Ziel kommen können.
Erwachsene schreien.
Ihnen fehlen die Argumente,
aber sie erkennen rasch,
wie sie durch Schreien
ans Ziel kommen können.

MÜTTERLICHES

Die Tiermutter erkennt ihr Baby am Geruch.
Sie erlebt die Geburt unmittelbar
und hat ihr Kleines leckerweise begrüßt.
Die Menschenmutter muss sich darauf verlassen,
dass ihr die Hebamme ihr Kind in die Arme legt
und dass das Namensband stimmt.

STRATEGIE

Erst bergauf, dann bergab.
Oder doch umgekehrt?
Erst mit Gegenwind, dann mit Rückenwind.
Oder umgekehrt?
Erst die schwere Aufgabe, dann die leichte.
Oder umgekehrt?
Erst das Unliebsame, dann das Angenehme.
Oder umgekehrt?
Erst das noch zu Erreichende im Blick haben,
dann das bereits Erreichte.
Oder umgekehrt?

Lösungsstil! Arbeitsstil! Denkstil!
Bewertungsstil! Lebensstil!

UNTERSCHIEDE

Mir liegt sie auf der Zunge
und dir am Herzen.
Für andere aber
ist meine Meinung für die Füße,
wieder anderen geht sie am A… vorbei.
Vielleicht fehlen mir deshalb die Worte
und ich behalte die Perlen im Mund.

ERKENNTNISSE

Es gibt nur einen Menschen auf der Welt,
der DICH glücklich machen kann.
???
Es gibt nur einen Menschen auf der Welt,
der DICH unglücklich machen kann.
???
Wie wäre es,
wenn DU diesen wichtigen Menschen
besser kennenlernen würdest?
?!?
Vorschlag zum gegenseitigen Kennenlernen:
Stelle DICH vor den Spiegel,
lächle und sage einfach:
„Hallo!"

ALTERN

Manchmal wird man alt
und merkt es nicht.
Manchmal wird man alt
und glaubt es nicht.
Manchmal wird man alt
und will es nicht.
Manchmal wird man alt
und darf es nicht.
Manchmal wird man alt
und weiß es nicht.

EINFACHE SACHE

Sicher findet sich immer mühelos jemand,
dem man plausibel und begründet
die Schuld für eigenes Ungemach geben kann.
Entweder hat dieser Jemand etwas getan oder nicht getan,
was den verhängnisvollen Zustand bewirkt hat.
Wie machen das eigentlich Einsiedler?

ENDLICH DA

Nun ist sie endlich da: die Freiheit.
Und du kannst nichts mit ihr anfangen.
Du fühlst dich von ihr bedroht.
Nun ist sie endlich da: die Freizeit.
Und du kannst nichts mit ihr anfangen.
Du fühlst dich von ihr überfordert.
Nun ist sie endlich da: die Nähe.
Und du kannst nichts mit ihr anfangen.
Du fühlst dich von ihr eingeengt.
Nun ist er endlich da: der Besitz.
Und du kannst nichts mit ihm anfangen.
Du fühlst dich von ihm besessen.
Nun ist er endlich da: der Frieden.
Und du kannst nichts mit ihm anfangen.
Du fühlst dich von ihm überrumpelt.

GRENZSTEIN

Ich bin müde und erschöpft.
Ich bin verzweifelt und am Ende.
Ich habe vieles versucht.
Immer und immer wieder.
Ich habe zugehört und geschwiegen.
Ich habe Verständnis gezeigt.
Ich war nachsichtig und geduldig.
Ich habe nie zu viel erwartet.
Ich wusste immer um die Hürden.
Ich habe nie zu früh die Hoffnung aufgegeben.
Ich weiß, dass aller Anfang schwer ist.
Ich war immer bereit zu helfen.
Ich habe motiviert, getröstet, gestützt.
Ich habe oft zurückgesteckt.
Ich wollte die Situationen vereinfachen.
Ich habe viel in mich hineingefressen.
Ich habe oft geweint, war wütend und aufgewühlt.
Ich habe mich infragegestellt.
Ich war selbstkritisch und betroffen.
Ich habe die Schuld lange Zeit vor allem bei mir gesehen.
Ich kenne meine Fehler und Schwächen.
Ich habe viel an mir verändert.
Ich habe mich gequält und habe auf vieles verzichtet.
Ich habe meine Ansprüche neu formuliert.
Ich habe das Kartenspiel neu gemischt
und aus Rücksicht auf andere die Joker ausgeschlagen.
Ich habe meine Möglichkeiten ausprobiert.
Ich habe meinen Teil abgearbeitet.

Aber nun merke ich, dass ich nicht mehr kann.
Meine Kraft ist aufgebraucht.
Meine Geduld ist am Ende.
Meine Gefühle sind erstarrt.
Meine Gedanken sind verbraucht.
Meine Perspektive schreit nach Wechsel.
Ich will mutig sein. Ich will loslassen.
Ich will Bilanz ziehen.
Ich will die Teufelskreise durchkreuzen.
Ich will umdenken.

Ich merke, dass ich an einem wichtigen Punkt angelangt bin.
An einem entscheidenden Wendepunkt.
An einem nicht mehr zu übergehenden Schmerzpunkt.
Ich sehe, dass ich an einer Grenze angekommen bin.
Ich blicke hinüber auf das Land,
dessen Bewohner ich nicht bin.
Das ist nicht mehr mein Land.
Das ist nicht mehr meine Sprache.
Das ist nicht mehr meine Welt.

Ich stehe an Markierungslinien und verharre.
Ich werde den nächsten Schritt nicht tun.
Ich bleibe auf dieser Seite.
Nun bist du dran, auf deiner Seite tätig zu werden.

Und Verantwortung zu übernehmen.
Nun ist es an dir, dein Land zu bestellen.
Nun ist es einzig deine Aufgabe,
dein Leben in den Griff zu kriegen.
Es ist dein Brachland.
Es ist dein Unkraut.
Es sind deine Steine auf dem Feld.
Deine Hände sind gefordert.
Deine Füße haben in Gang zu kommen.

Ich habe alles versucht, mehr geht nicht.
Ich habe alles versucht, was ich tun konnte,
damit unser Miteinander gelingt.
Ich habe alles versucht, was ich tun konnte,
damit wir beide miteinander glücklich sein können.
Ich habe mich ständig überfordert
und meine Belastungsgrenzen ignoriert.
Die seelischen, die körperlichen und die geistigen.
Ich habe große Angst, meine Lebensfreude zu verlieren.
Aber nun ist der Punkt für mich erreicht,
und nun ist es endgültig soweit:
Ich mache nicht mehr mit.
Ich scheide aus unserem elendigen Spiel aus.
Es ist vorbei.
Denn ich habe meine quälenden Schuldgefühle abgelegt.

Ich will ein neues Kapitel in meinem Leben
und ein neues Kapitel zu unserer Zukunft aufschlagen.
Ich will deshalb einen klaren Schnitt machen.
Einen sichtbaren und spürbaren Einschnitt.
Ich gebe die Verantwortung für dich
und dein Verhalten und Denken ab.
An dich!
Endlich habe ich dazu nach viel zu langer Zeit die Kraft.
Ich gebe dir das Staffelholz in die Hand.
Jetzt bist du dran.
Ohne wenn und aber.
Ohne Ausreden.
Ohne Anklagen.
Ohne Drohungen.
Ohne Erpressungen.
Ohne Wehklagen.
Ohne Opferrolle.
Nun liegt der Ball da, wo er endlich hingehört:
in deinem Feld.
Finde den Ball. Finde das Spiel. Finde die Regeln.
Finde die Chance. Finde die Werkzeuge.
Finde dich.
Vielleicht findest du auch endlich mich.
Vielleicht findest du auch endlich uns.
Aber ich bin beim Suchen raus.
Darauf kann ich mich verlassen.
Und auch du solltest das endlich begreifen.

UNBEABSICHTIGTES

Vor lauter Angst, Fehler zu machen,
machte er den Fehler, es gar nicht erst zu probieren.
Vor lauter Angst, krank zu werden,
befiel ihn die Krankheit, sich nur noch zu schonen.
Vor lauter Angst, enttäuscht zu werden,
enttäuschte er den anderen durch sein Misstrauen.
Vor lauter Angst vor dem Sterben
starb die Lebensfreude in ihm, und er wollte nicht mehr leben.

WIE WAHR

Das Umerziehungsprogramm war ein voller Erfolg.
Wenn er log, sagte er in Wahrheit die Wahrheit.
Wenn er die Wahrheit sagte, log er in Wahrheit.
In Wahrheit belog er auch sich selbst.
In der Lüge entdeckte er die Wahrheit.
Das brachte ihn fortan zur Verzweiflung,
denn die wahre Wahrheit war ihm abhanden gekommen.

OHNE VIELE WORTE

Viele Menschen beklagen im Nachhinein,
dass sie eigentlich nicht so gelebt haben,
wie sie es sich vorgestellt hatten.
Und sie sorgen im Vorhinein dafür,
dass sie auch künftig viel zu klagen haben werden.

DIE MÜNZE

Wer nur das Eine kennt,
wird nicht glauben,
dass es auch das Andere gibt.
Es ist deshalb für den Einen tragisch,
wenn es sich beim Anderen
um Frieden, Liebe, Vertrauen, Zufriedenheit,
Ruhe, Rücksichtnahme und Erfolg handelt.
Es ist aber für den Einen auch bedauerlich,
wenn das Andere
Krieg, Misstrauen, Neid, Unzufriedenheit,
Getriebenheit, Ichfixiertheit und Versagen heißt.

VERKETTUNGEN

Wiege – Sofa – Gitterbett.
Fläschchen – Flasche – Schnabeltasse.
Misslungene Fortsetzungen.

FENG SHUI

Ich atme tief durch
und spüre die Erleichterung.
Ich fühle mich befreit.
Eine schwere Last ist spürbar von mir genommen.
Ich betrete Schritt um Schritt einen freien Raum,
denn ein schwerer Brocken ist von meiner Seele gefallen.
Ich habe endlich lästigen Ballast weggeräumt.
Endlich nach wiederkehrendem,
quälendem, innerem Zwiespalt.
Nun ist es vollbracht und entsorgt:
Verstaubtes, Ungebrauchtes, Unnötiges,
Überholtes, Lästiges, Belastendes.
Weg. Weg. Weg.
Für immer weg.
Endlich weg.
Ohne Wenn und Aber.
Ohne erneutes Zaudern und törichtes Zögern
unzensiert, unbeachtet, unsentimental losgelassen.

Einfach aus dem Leben gestrichen.
Als fortan nicht mehr dazugehörig erklärt.
Endgültig. Ohne eine Rückkehroption.
Die bleierne Weste des Gestern ist ausgezogen.

Ich fühle mich befreit.
Nun liegt das große weiße Blatt des Lebens vor mir
und kann neu beschrieben werden.
Mit neuen Ideen. Mit neuen Aufgaben. Mit neuen Aktivitäten.
Brainstorming für Sehnsüchte und Phantasien.
Raum und Zeit breiten sich endlos vor mir aus
und wollen wieder sinnvoll genutzt werden.
Mit erfüllenden Gegenwartsprojekten.
Mit ambitionierten Zukunftsvisionen.
Mit neuem, lebendigem Leben.
Ich schwebe unsichtbar über dem Boden
und höre ganz beglückt den Flügelschlag.
Ich spüre die neue Energie und Kraft.
Körper, Seele und Geist heben ab.
Der Blick geht nach vorn.
Auf zu neuen Ufern.

WER DANKBAR UND DEMÜTIG LEBT,
KANN DAS TOR ÖFFNEN,
UM AUF DIESER WELT
MIT SICH UND ANDEREN
IN FRIEDEN, HARMONIE, TOLERANZ
UND GEGENSEITIGER WERTSCHÄTZUNG
LEBEN ZU KÖNNEN.

INHALT

KAPITEL 14 263

KAPITEL 15 289

ICH WÜNSCHE JEDEM MENSCHEN,
DASS ER IN DER LAGE IST,
JEDERZEIT UND ÜBERALL
MIT SICH SELBST
ETWAS POSITIVES ANZUFANGEN,
SICH SELBST ZU GENÜGEN
UND SOMIT SEINE LEBENSZEIT
SINNVOLL ZU NÜTZEN.

DR. SIEGFRIED GROSSE

Psychotherapeut, Coach, Autor

Seit über 40 Jahren arbeite ich in Beratung und Therapie, wobei sich mein Tätigkeitsgebiet über sämtliche wichtigen Lebensbereiche erstreckt hat. Zu Beginn meiner beruflichen Laufbahn erhielt ich Einblick in psychiatrische Krankheitsbilder (1973 bis 1975) anschließend (1975 bis 1997) kam ich im Rahmen der Lebensberatung in direkten und umfassenden Kontakt mit Problemen im alltäglichen familiären und partnerschaftlichen Miteinander (Erziehungs- und Beziehungs-/Eheprobleme; Therapie mit Kindern und Jugendlichen).

Vor dem Hintergrund dieser nachhaltigen beruflichen und gesellschaftlichen Erfahrungen wagte ich 1997 den Schritt in die Selbständigkeit und betreibe seither eine eigene Praxis als Erwachsenentherapeut (bis 2013 mit Kassensitz), wo mir neben den vielschichtigen privaten Konflikten und Problemen der Menschen in den letzten Jahren zunehmend die deutlichen seelischen und körperlichen Belastungen und Schwierigkeiten aus der Arbeitswelt begegnen.

Mein psychotherapeutisches Vorgehen ist an der Verhaltenstherapie orientiert. Für dieses Therapieverfahren schloss ich die Ausbildung 1977 erfolgreich ab. Mich hat von Beginn an das dieser Therapieform zugrunde liegende Konzept fasziniert. Es ist wissenschaftlich fundiert und in der Wirksamkeit nachgewiesen, gut nachvollziehbar und in der Therapie klar vermittelbar. Aus den Grundüberlegungen dieses Verfahrens lassen sich für die Betroffenen hilfreiche und praktische Problemlösungen ableiten.

Mein Aphorismenband „Über Kurz nach Lang. Nur mal ein paar Gedanken“ ist in 2016; mein erstes Buch einer Trilogie „Auch Träume wandern. Begegnungen“ ist in 2017 im Verlag edition federleicht erschienen.

Näheres über den Autor: www.wohlbefinden-und-erfolg.de

SIEGFRIED GROSSE

AUCH TRÄUME WANDERN
Begegnungen

LEBENSPRAXIS

edition federleicht
Frankfurt am Main 2017
Hardcover, 272 Seiten
ISBN 978-3-946112-23-5
18,00 EUR

Der Mensch ist ein facettenreiches Geschöpf. Er ist vielfältig und individuell, und das ist gut und gesund. Doch es sind nicht nur die Unterschiede von Mensch zu Mensch, deren sich Siegfried Grosse in seinem Werk „Auch Träume wandern" literarisch angenommen hat. Es sind auch die Gemeinsamkeiten, die uns in all unserer Einzigartigkeit einander annähern lassen und spurenträchtige Verbindungen schaffen, voller Vertrauen, Liebe und Hoffnung, aber auch Enttäuschung, Schmerz und Trauer.

Grosses Texte fordern und ermutigen, konfrontieren den Leser mit seinen Sehnsüchten und Ängsten und lassen ihn doch nie allein.

So kann „Auch Träume wandern" als lyrisch prosaischer Wegweiser im vielschichtigen Lebensalltag betrachtet werden.

„Immer wenn ich im Buch lese, werden meine Seele berührt und meine Gedanken auf Wanderschaft geschickt. Markante Begegnungen zwischen Geburt und Tod werden lebendig und entfalten ihre bereichernde, therapeutisch meditative Wirkung. Die dichte Atmosphäre der Texte wird durch die einzigartigen Fotos abgerundet. Ich nehme das Buch immer wieder gerne zur Hand, zum Trösten, zum Anregen, zum Entspannen, zum Freuen und zum Entdecken."

H. GLASER, Psychotherapeut

SIEGFRIED GROSSE und
CHRISTIAN GROSSE

ÜBER KURZ
NACH LANG
Nur mal ein paar Gedanken

APHORISMEN

edition federleicht
Frankfurt am Main 2016
Softcover, 120 Seiten
ISBN 978-3-946112-16-7
12,80 EUR

Siegfried und Christian Grosse schöpfen aus ihren Lebenserfahrungen und formen diese zu prägnanten und sprachlichen Gebilden. Die Autoren bringen auf den Punkt, was sie beschäftigt und bewegt. In beeindruckender Vielfalt kreisen sie alltägliche und lebenswichtige Situationen und Themen ein, bis sie zu deren jeweiligem Kern gelangt sind.

Das Buch wird durch zahlreiche Bilder bereichert, die beim Lesen der Texte für einen Moment zum Verweilen einladen sollen.

„Dieses Buch ist wie ein guter Freund. Die Aphorismen begleiten einen durch den Tag und erinnern einen stets daran, welche Werte wirklich wichtig sind. Es regt zum Nachdenken über die eigenen festgefahrenen Gedankengänge an und öffnet den Horizont für neue Sichtweisen. Es spendet Trost und ist ebenso mit einem Schuss Ironie versehen.“ – M. LUH